中國古典詩詞精品賞讀

# 薩都剌

廖菊棟 編著

五洲傳播出版社

**图书在版编目（CIP）数据**

中国古典诗词精品赏读丛书：繁体版. 萨都剌 / 廖菊楝著. --
北京：五洲传播出版社, 2024.1

ISBN 978-7-5085-4992-7

Ⅰ. ①中… Ⅱ. ①廖… Ⅲ. ①萨都剌（约1272-1355）－古典
诗歌－诗歌欣赏 Ⅳ. ①I207.2

中国版本图书馆CIP数据核字(2022)第241297号

**中国古典诗词精品赏读丛书**

**薩都剌**

---

出 版 人：关　宏
编　　著：廖菊楝
责任编辑：王　峰
图片编审：迟乃义
装帧设计：田　林
出版发行：五洲传播出版社
地　　址：北京市海淀区北三环中路 31 号生产力大楼 B 座 6 层
邮　　编：100088
发行电话：010-82005927　010-82007837
网　　址：http://www.cicc.org.cn　http://www.thatsbooks.com
印　　刷：北京市房山腾龙印刷厂
版　　次：2024 年 1 月第 1 版第 1 次印刷
开　　本：710 × 1000 mm　1/16
印　　张：8.5
字　　数：53 千字
定　　价：68.00 元

# 編者的話

中國在歷史上是一個“詩歌的國度”，古典詩詞是中國傳統文化的奇葩。早在三千年前，我們的祖先就創作出了以“詩三百”爲代表的優秀詩篇。此後每個歷史年代，詩歌創作都結出豐碩的成果，其中不少名篇名句，膾炙人口，傳誦至今。這套“中國古典詩詞精品賞讀”書系，選取了歷史上最具代表性的詩人、詞人的優秀作品，並加以詳盡通俗的譯注、評解，試圖由此將古代中國人創造的最可珍貴的文化瑰寶介紹給當代海内外讀者。

以“國風”爲代表的《詩經》和以《離騷》爲代表的楚辭，無論是在思想内容上還是在藝術手法上，都對中國后世詩壇產生了深遠影響。中國詩歌至唐代而達到高峰，呈現出后人所稱譽的“盛唐氣象”和“少年精神”，而從李白、杜甫等詩人身上，從他們留下的詩歌中，不難看出“風”“騷”以來優秀傳統的回響。他們都有强烈的現實關懷，關注國家、社會、民衆等問題；而這種主題，往往是詩人通過自己的人生境遇和心靈歷程去感悟，通過描繪自然界山川萬物、人間世事民情來體現的。在唐詩的輝煌之后發展起來的宋代詩歌，成就也相當高，但最能表現此年代文學特殊成就的是詞。宋代優秀的詞家把這種長短句詩體運用到出神入化的地步，那或慷慨激昂、或委婉凄清的詞作，今天讀來仍有强烈的藝術感染力。可以説，唐詩宋詞是中國文學史上最有神采的篇章。本書系介紹的詩人、詞人，如東晉的陶淵明，唐代的李白、杜甫、王維、白居易、劉禹錫、杜牧、李商隱；五代南唐的李煜；宋代的蘇軾、柳永、秦觀、李清照、辛棄疾、陸游；元代的薩都剌，等等，都是中國詩歌史上耀眼的星座。

中國古代詩歌注重抒情、寫景，善於表現友情、親情、愛情、鄉情，以及其他復雜細微的個人情感。這形成中國詩歌又一個强大的傳統。在儒家思想影響下，中國詩歌幾乎從一開始就具有“發乎情，止乎禮義”的特點，情感的表達比較克制、内斂、含蓄，有别於西方的詩歌風格。與此同時，中國詩人們又强調“含不盡之意見於言外”，善於通過各種藝術手法傳達言外之意，給讀者以無窮的回味、想象空間。古代詩詞中的優秀之作往往寫得深情宛轉，富於形象性和音樂性，誦讀這些詩詞，可以受到多層次的藝術感染和美的熏陶。古典詩詞還善於表現自然之美及人與自然的融合。古人常説“詩中有畫，畫中有詩”，本書系中的每首作品，都配以當代畫家根據詩詞意境繪製的中國畫，通過欣賞這些詩、畫，可以更深刻地領悟到中國古代藝術作品中的詩情畫意，品味其藝術之美。

除了“詩情畫意”的特色外，本書系以各位詩人、詞人單獨成册，以更清楚地展示其不同的個性和藝術風格；各分册包括詩人小傳與作品賞析兩部分。對每篇作品的賞析，又分爲題解、句解、評解三個章節：題解交代創作背景；句解用現代語文對詩詞進行逐句意譯，對某些難懂的字詞作注釋；評解部分則提要鈎玄，對作品特色進行點評。我們的本意，首先是幫助讀者減少閱讀中的文字障礙，繼而是理解詩詞的思想内容、藝術特色和寫作技巧。

中國古代經典詩篇把漢語升華到至美至純的境界，足以使每個中國人感到自豪。這些作品是聯接所有炎黄子孫思想、情感的文化紐帶，無論身在國内，還是身在海外，優秀的詩歌對讀者的感召力都是相通的。一個喜愛祖國傳統文化的人，可能會不斷地接觸和學習祖先的這些遺産。久而久之，這些優秀文化中的一部分會積澱下來，構成每個人頭腦中一道美麗的藝術長廊，不斷給人以教益、激勵和藝術享受。我們期望，本書系所介紹的詩詞名篇能够成爲這道藝術長廊的組成部分。

本書系所介紹的詩人、詞人，都各有很多傳世名篇，限於篇幅，書中每人衹選取了二三十首代表作品。限於編輯水平，書中會有種種不盡如人意之處，敬請讀者朋友提出寶貴意見。

# 目录

# 薩都剌簡介



薩都剌，字天錫，號直齋，元代著名詩人、詞人，有《雁門集》傳世，共存詩詞七百餘首。他是元代詩壇、詞壇的傑出代表，被視爲“一代詞人之冠”。但這樣一個有成就的詩人，由於相關史料缺乏，其生平、仕履、祖籍、族屬、作品繫年及背景，甚至他的姓氏由來等問題，卻一直不很清楚。雖然學者們進行了大量研究，很多問題仍沒有定論，薩都剌因此成爲元代文學研究領域的一大難題。從以下對薩都剌生平的介紹中，可以看出這種複雜情況。

薩都剌的先祖是西域回回人，答失蠻氏。在元代，“回回”泛指西域信仰伊斯蘭教的諸部族。“答失蠻”本意是指伊斯蘭教中有智識的修行者，後來逐漸被用作氏族的名字。薩都剌的祖父思蘭不花、父親阿魯赤都是武將出身，隨蒙古西征軍東遷來到中原地區，戰功卓著，奉命鎮守山西代州。薩都剌即出生於代州的雁門，故自稱雁門人，詩詞集名爲《雁門集》，這是不忘桑梓之情的意思。雁門屬於燕山山脈，所以薩都剌有時也自稱“燕山薩都剌”。

關於薩都剌的族別，一直存在爭議。曾經有人認爲他是蒙古人，或者本來是漢人而冒充回回人。經過學者們對薩氏家譜等資料的研究，證明他確實是回回人，信奉伊斯蘭教。元代的回回人並不完全等同於現在的回族，所以有些著作稱薩爲“回族”人是不準確的。

“薩都剌”其實並非姓“薩”名“都剌”。這三個字是阿拉伯語的譯音，

“薩”意爲“安拉”，即天神，“都剌”意爲“賜與幸福、快樂”，“薩都剌”合起來是上天賜福的意思，他的字“天錫”也有同樣的含義。元末，干文傳爲薩都剌詩集所撰的序文中提到，“薩都剌”意爲“濟善”，也就是賜福之意。與薩都剌的弟弟字“天與”，意思類似。這種阿拉伯語音譯與漢語意譯的完美結合，體現了薩氏家族在漢文化上的造詣。薩氏家族東遷山西之後，與很多回回人家族一樣，與漢文化不斷接觸、融合。這種轉變在薩都剌身上表現得非常明顯。就從姓氏來說，“薩都剌”三字本來應該連在一起。後來，在與中原漢人不斷交往、不斷漢化的過程中，他逐漸取薩爲己姓，也稱薩天錫，而他的族裔薩仲禮等都自然而然地以薩爲姓。這種漢化情形也體現在身份的變更上，薩都剌的祖父、父親都是武將，而他則被編入當地户籍，成爲普通農家。

薩都剌的生年無法確知。目前關於他生年的說法有八種之多，最早的是元至元九年（1272），這是薩氏裔孫、清人薩龍光的說法；最晚的則是至大元年（1308）。兩者跨度達三十六年，而元朝立國也不過九十餘年而已。薩都剌的生卒年沒有準確的說法，或多或少會影響我們對他生平和思想的瞭解。在沒有發現更多新資料的情況下，我們暫時採用薩龍光的說法。

薩都剌年少時家境尚可，有條件接受良好的教育。他的父親雖然是武將出身，卻不反對薩都剌接受中原正統漢文化的熏陶。少年薩都剌即與衆不同，既聰明又刻苦，精通書畫，工詩詞，在當地小有名氣。他與接受儒家教育的漢人子弟一樣，充滿雄心壯志，希望有機會實踐自己的治國之策。然而不幸的是，他沒能通過門閥獲得入仕機會。另外，元朝統治者也一直沒有開設科舉，使他報國無門。不知道是什麼原因，薩氏家族突然家道中衰，經濟逐漸拮据，最後竟陷於“家無田，囊無儲”的窘境。迫於生計，薩都剌衹好像其他擅於經商的回回人一樣，離家南下，通過經商謀取微利來養家糊口。

年紀輕輕即離家遠行，開始奔波的商旅生涯，“嚴霜烈日太行坡，斜風猛雨瓜州渡”（《芒鞋》），這種顛沛流離的生活使薩都剌原本就敏感脆弱的心靈充滿了漂泊天涯的苦悶。他經常藉詩抒發對生活艱難的感歎和濃鬱的思鄉之情。他寫自己“寥落天涯歲月賒，每逢佳節每思家”（《客中九日》）、“雖云少年慣作客，便覺此日難爲情”（《崔鎮阻風有感》）；又說“佳節相逢做遠商，菊花不異故人鄉。無錢沽得鄰家酒，一度孤吟一斷腸”（《客中九日》）。這些早期詩作多描述淒清的羈旅生活，散發出濃濃的鄉愁。

除了鄉思，薩都剌此時也在經歷棄儒經商所帶來的痛苦。他作爲一個有抱負的儒士，卻迫於生活負擔而從事追求蠅頭微利的經商之事，心裏難免會有壯志難酬的憤懣。他早期的詩歌中，經常出現“南人求名赴北都，北人徇利多南趨。朝朝迎送名利客，身身消薄非良圖”（《芒鞋》）之類的詩句，可見，他心中時刻存在痛苦和矛盾：到底是屈服於生活的重壓，還是堅持自己的理想抱負？在奔走江湖的行商旅程中，薩都剌接觸到社會各階層的民衆，體驗到百姓們的苦難生活，這深刻地影響了他的思想。他曾寫道：“紅樓弟子年二十，飲酒食肉書不識。嗟余識字事轉多，家口相煎百憂集。”（《醉歌行》），貴族子弟們不讀書識字，卻過著奢侈的生活，對比自己的境況，他不由得流露出懷才不遇的鬱悶，以及對時世的失望、對社會不公的憤慨。

這種矛盾痛苦的經商歲月持續了好幾年。終於有一天，他意識到“萬事皆由天理順，何愁衣祿不周全”（《安分》），決定結束自己不喜歡的經商生涯，返鄉居家，以耕讀度日。此後，他靜心向學，廣交志同道合的文友，相互切磋。這種田園隱居生活持續了大約二十餘年，爲他成爲詩壇巨匠奠定了基礎。

元仁宗延祐元年（1314），朝廷決定開設科舉考試，把漢人、南人分爲左榜，蒙古人、色目人分爲右榜。頭幾次科考，薩都剌因爲父親去世，在家守喪沒有參加。元泰定帝泰定四年（1327），他參加科考，中右榜，三甲進士及第，終於實現了入仕的願望。這時他已五十多歲，雖然最好的青壯年時期已經過去，但是他感到自己的抱負將有機會實現，仍然萬分欣喜，充滿激情地寫下“小臣涓滴皆君賜，惟有丹心答聖明”（《賜恩榮宴》）、“滿江風浪晚來急，誰似中流砥柱人”（《揚子江送同志》）等詩句，表明要報效朝廷、準備有一番作爲的迫切心情。

薩都剌的仕途生涯也並非一帆風順。從他的仕履來看，登第之後，先任京口錄事司達魯花赤，後來當過江南諸道行御史臺掾史、燕南廉訪司照磨、閩海福建道廉訪司知事等，最後在至正十二年（1352）官至淮西江北道廉訪司經歷。他在宦海沉浮二十餘年，自始至終衹是一些正八品、從七品的職位低微的小官，雖然官聲清廉，勤政愛民，百姓交口稱讚，但與他報國救民的理想還是相去甚遠；在經濟上，他的俸祿也僅能使家人糊口而已，仍然不能擺脱貧窮。他曾自陳“俸薄無積餘”（《寄士巖臺郎》），又哀歎“弱妻貧且病，羸馬瘦仍僵”（《題進士索士巖詩卷》），可見他家境的困窘程度。生活清貧，官職得不到升遷，使他經常發出懷才不遇的感慨，表達自己失意的心情；同時又對掌權者抱有幻想，希望有朝一日能像千里馬一樣得到伯樂賞識：“志士昔未遇，常人安得知。一朝忽奮迅，兒女驚且疑。”（《過延平津》）又說：“人生相遇貴相知，孰謂世間無伯樂？”（《題瘦馬圖》）以此來勉勵自己。但他的這種願望一直沒能實現，一生基本都是在貧寒困苦中度過的。

在官場沉浮的二十餘年中，薩都剌了解到官場的黑暗，看透了從皇室到小吏各級統治者之間爾虞我詐、爭權奪利、過著荒淫奢侈生活的內幕。同時他進一步廣泛接觸民衆，更加了解到百姓的喜怒哀樂，這使得他的詩歌裏出現了一批針砭時弊、深刻反映現實的作品。

致和元年（1328），泰定帝病死於上都，宮廷內爲爭奪帝位而紛爭，天順帝、文宗、明宗幾位皇帝頻繁更換，可知鬥爭的慘烈。薩都剌《紀事》詩裏提到“周氏君臣空守信，漢家兄弟不相容”等，實際上就是暗指元文宗弒兄奪取皇位的歷史事件。明代瞿佑認爲這是“直言時事不諱”（《歸田詩話》）的政治詩。薩都剌認爲當時的權臣燕鐵木兒沒有起到穩定政局的作用，其《鼎湖哀》一詩云：“吾皇想亦有遺詔，國有社稷燕太師。太師既受生死託，始終肝膽天地知。漢家一線繫九鼎，安肯半路生狐疑。孤兒寡婦前日事，況復將軍親見之，況復將軍親見之！”明捧暗貶，語句犀利，後面兩句更是重複呼喊，痛心疾首。他直接寫燕鐵木兒醉生夢死的奢侈生活：“朝作樂，暮作樂，朝暮杯盤金錯落。”（《傷思曲・哀燕將軍》）這是毫不隱諱的、大膽的揭露和諷刺。這些詩對史家諱言的事實進行揭露和鞭撻，刺惡諷邪，正直不阿。清人顧嗣立稱讚他：“史氏多忌諱，紀事衹大抵。獨有薩經歷，諷刺中肯綮。”這類政治詩雖說藝術成就不算很高，但其精神足以使後人敬佩，並且這類詩歌也成爲元史研究的重要輔助資料。

薩都剌一方面真實記錄和批判帝王官吏的統治，另一方面也如實記載民間疾苦。《漫興》中寫道：“去年干戈險，今年蝗旱憂。關西歸戰馬，海內賣耕牛。”戰爭、蝗災、徵用戰馬、賣掉耕牛糊口，真是天災更兼人禍，人民的苦難不斷。《早發黃河即事》更是從貧富對比的角度反映民間的痛苦，黃河沿岸人民租役沉重，收穫時“嘗新未及試，官租急徵求”，又因爲官府組織修築河防，“驅夫如驅囚”，“人家廢耕織，嗷嗷齊東州。饑餓半欲死，驅之長河流”，不僅租稅沉重，甚至無暇耕作而使農事廢棄，這讓老百姓靠什麼來生活？而相比之下，那些“長安里中兒”則“朝馳五花馬，暮脫千金裘。鬥鷄五坊市，酣歌最高樓”，不勞而穫，卻享受著奢華的生活。這種強烈對比，表達了對社會不公的譴責，對百姓的深厚同情。薩都剌一針見血地指出，這種尖銳的社會矛盾已經導致“夜有盜賊憂”的局面，官逼民反，社會動蕩不可避免地要出現。事實上，正是因爲徵發黃河河工而引起起義，最終導致元朝統治的傾覆。

《鬻女謠》《織女圖》等詩也都反映了當時的社會弊端。薩都剌心情沉重，卻又無能爲力，衹能大聲疾呼“上天胡不呼六丁，驅之海外消甲兵。男耕女織天下平，千古萬古無戰爭”（《過居庸關》），表達百姓們渴望戰爭停止、天下太平的心聲。由於寫了這些反映現實的作品，薩都剌被認爲是元代最有“詩史”風格的詩人。

薩都剌的山水詩頗爲後人所稱道。從他的仕履來看，曾多次南下北上，到過江蘇鎮江、南京及福建等地任職，有機會遊歷南北景物。寫景紀遊的作品成爲他詩詞的重要組成部分。這些詩作中最引人注目的是寫景與懷古撫今相結合的懷古詩詞。他登臨名山勝水，往往把眼前的古跡形勝與思古之幽情結合起來，同時隱晦地抒發自己的政治抱負，表露自己對歷史的看法。像《越臺懷古》《望金陵》等詩歌，《念奴嬌·登石頭城》《滿江紅·金陵懷古》等詞作，廣為傳誦。這些作品具有大浪淘沙的蒼涼之感，體現出薩都剌磅礴大氣、坦然而又進步的歷史觀。這些詩詞裏也蘊含著薩都剌憂國憂民的情懷。當時元王朝迅速走向沒落，統治腐敗，社會動蕩，薩都剌的滿腔熱血，衹能變成詩歌裏的憂國憂民情懷，懷古傷今成爲他詩歌的一種沉痛的基調。

薩都剌另有一部分山水詩，沒有上述沉重內容，衹是寫景抒情，風格清新，飽含對錦繡山河的熱愛。至元二年（1336），薩都剌由燕南廉訪司照磨升遷爲閩海廉訪司知事，從京城前往福建赴任，途經揚州、姑蘇、嘉興等地。至元三年，又遷河北廉訪經歷，離開閩地赴任，取道江西探望其弟薩天與。面對江南及閩、贛等地的青山秀水，他寫下《過嘉興》《初夏淮安道中》《玉山道中》等山水詩名篇。在他的筆下，南方風景有時烟雲茫茫，“三山雲海幾千里，十幅蒲帆挂烟水”（《過嘉興》）；有時又“魚蝦潑潑初出網，梅杏青青已著枝”（《初夏淮安道中》），生動活潑，有聲有色；既有“野花多映水，山鳥自呼名”（《玉山道中》）的盎然野趣，又有“江白潮已來，山黑月未出”（《宿臺城山》）這樣悠然含蓄的夜景。他的山水詩每一首都詩中有畫，畫中有詩，景裏含情，情融於景；或氣勢宏大，或明媚秀麗，或奇瑰絢爛；有的充滿生活氣息，有的又充滿豐富的想象。明人毛晉在《雁門集跋》裏稱讚薩都剌“以北方之裔而入中華，日弄柔翰，遂成南國名家。今其詩諸體俱備，磊落激昂，不獵前人一字”，充分肯定了他獨具風格的詩才。

薩都剌的詩歌被譽爲“諸體俱備”，他能駕輕就熟地掌握各種詩歌體裁，樂府古調、五言古體、七言古體、五言近體、七言近體等無一不精。這是他對詩詞熱愛和努力學習的結果。

雖然毛晉稱讚薩都剌因學習漢文化而最終變成“南國名家”，但是薩都剌仍有著與南方詩人不同之處，這主要體現在他所寫的塞外詩篇上。約在元順帝元統二年（1334），薩都剌在金陵任江南諸道行御史臺掾史，秋冬之際，被派往上京迎接新任南臺御史中丞馬伯庸。雖然祖上來自西域，薩都剌自己卻是第一次來到塞北，領略塞外風光。他寫了《上京即事》十首，草原風光、上京宮廷生活，以及草原人民的生活片斷，都形諸筆下。與前人邊塞詩多充滿悲壯、蒼涼氣氛不同的是，他是以回歸故土的心情來描寫，筆調熱情，詩裏充滿勃勃的生機。如寫草原人民的生活，有“牛羊散漫落日下，野草生香乳酪甜”這樣牧歌般的恬美場景，又有“呼鷹腰箭歸來晚，馬上倒懸雙白狼”這樣讚美草原健兒的詩筆。這些詩沒有唐以來邊塞詩常見的殺伐征戰之氣、生離死別之情，更多的是普通百姓平靜而又溫馨、歡樂的生活，別是一番風情。

薩都剌還有一類詩歌也常被後人提起，就是他所寫的宮詞和所謂麗情樂府。自唐代王建創作《宮詞》百首以來，宮詞成爲一種特殊的體裁，內容大多寫宮中生活，尤其是宮女的怨情。薩都剌寫有《秋詞》《春詞》《四時宮詞》等，描寫宮中女性的生活片斷，擬想她們的所想所感，秉承了唐以來宮詞的內涵。有些作品則脫出一味哀怨的窠臼。如《秋詞》“清夜宮車出建章，紫衣小隊兩三行。石闌干畔銀燈過，照見芙蓉葉上霜”，抓住宮車夜行、紫衣小隊、銀燈、清霜等細節，不置一字評論，即描繪出一幅幽靜、深遠、耐人尋味的宮中生活畫面，儼然清麗雋永的寫景小詩。元代詩人柯九思、楊維楨等也擅寫宫詞，但以薩都剌最爲時人推崇。楊維楨稱讚薩都剌的宫詞“雖王建、張籍無以過矣”。

反映婦女情感的《芙蓉曲》《燕姬曲》等七言樂府，風格藴藉婉麗，融情入景，尤能體現虞集給薩都剌所下的批語“最長於情，流麗清婉”，所以被稱爲“麗情樂府”。《芙蓉曲》描寫的是江南的秋江女兒，《燕姬曲》則寫北地的燕京女兒，雖然一南一北，但都寫出年輕女子對自己命運的憂心。

薩都剌其他類型的詩歌，如詠物詩《芒鞋》《雨傘》等，其惟妙惟肖的刻劃和出人意料的深刻議論也常被後人稱讚。他一直與僧人、道士往來，談詩論道，比如與當時有名的道士張雨交往就很頻繁。張雨號句曲外史，也是著名詩人、畫家。在與張雨互相贈答的詩歌中，薩都剌多少表達了向道之心，以及對平静的隱居生活的無限嚮往。

晚年的薩都剌，眼看著社會矛盾激化，天下大亂，自己又年邁而無能爲力，遂心灰意冷，結束官宦生涯。這時他大概已八十歲了。那麼薩都剌是如何度過他的餘年的呢？由於沒有準確的資料，這又成爲一個疑點。有人認爲他成爲方國珍的幕僚（柯劭忞《新元史》），但此時薩都剌年事已高，未必還有精力勝任幕僚之職，而且據記載方國珍最忌色目人，此說法未必可靠。據《江南通志》記載，薩都剌“登司空山太白臺，歎曰‘此老真山水精也’，遂結廬其下，避世終焉”，認爲他最後在深山中隱居，度過餘生。這一說法與薩都剌樂遊山水、又屢屢表達要歸隱的意圖相符合。但是由於沒有確切記載，我們衹能說，他最後是不知所終，卒年不詳。

薩都剌詩歌在他生前沒有結集出版過。他去世之後，明人爲他編輯了《雁門集》，但是版本不精，收詩不全。直到清人薩龍光編《雁門集》十四卷，薩都剌詩纔有較爲完備的集子。薩龍光自稱係薩都剌裔孫，他將薩詩重新編年、注釋，這個版本被認爲是薩都剌作品最好的版本。當然，目前隨著新材料的發現，將會有更完善、準確的薩都剌詩集整理本出現。

作爲一名回回詩人，在薩都剌身上既反映出元代大一統格局下所産生的西域民族吸收漢文化成就的趨勢，也體現了中國詩歌發展到元代所取得的新成就。元末干文傳在《雁門集序》中總結薩都剌詩歌的風格說：“豪放若天風海濤，魚龍出沒；險勁如泰華雲門，蒼翠孤聳；其剛健清麗，則如淮陰出師，百戰不折，而洛神凌波、春花霽月之嬋娟也。”對薩都剌多樣化的創作風格、獨有的西域詩人特色，作了很好的概括。

面可以顯示自己的剽悍之氣，表示與敵人勢不兩立，另一方面也爲了打壓敵人的士氣。岳飛《滿江紅》詞裏說“壯志饑餐胡虜肉，笑談渴飲匈奴血”，也是類似這樣的豪氣。拿著用敵人的髑髏製成的酒器痛快喝酒，塞外白雪紛飛，轉眼間已經積了丈餘深；酒酣之餘，軍中的壯士就在氈帳前跳起豪放的舞蹈，展現驍勇的英姿。髑髏飲酒、起舞氈帳，這兩個場景體現了北方民族剽悍、豪放的性格，更顯出薩都剌不同於南方漢族詩人的好勇善戰、氣概粗豪的一面。雖然戍守邊防，處於戰爭的最前線，但將士們士氣高漲，沒有思鄉的憂愁、離别的哀怨，而衹有保衛國家的豪情壯志。這是作者借夢境表現他理想中的戍邊將士形象及其生活。

五更夢醒氣如虎，將軍何人知在邊

凌晨時分從夢中醒過來，夢中景象仍然鮮明，詩人胸中不禁有一股如猛虎般凌厲的氣概；想起現實，不知道有哪位將軍正在守衛邊疆呢？言下之意是，不知他是不是跟我剛纔夢到的一樣驍勇善戰。從夢中的場景轉到清醒狀態下的現實，詩人的豪情也未減半分。他再次申訴自己確實有報國的壯志，有猛虎般的氣概，但此心此情無處可以施展，衹能徒喚奈何。他還擔心在國家的邊疆上並沒有什麼得力的將士在牢牢守衛國土。作者對國運時局的失望、憂慮之情，和他愛國的拳拳之心，都强烈地表現出來。

## 評解

進入仕途之初，薩都剌懷著滿腔報國的熱情。這首詩即展露了他建功立業的渴望，以及對國家邊防鬆弛的擔憂。詩的開頭從聽到畫角聲開始，由聽到畫角而想到塞外，想到邊關事務；中間化用典故，暗喻自己壯志難酬、鬱鬱不得志的心情；後幾句則借用夢境，表達自己希望能躍馬提鞭，報效國家的心意；最末兩句從夢中醒來，現實仍然是自己空有如虎般的氣概，也衹能卧病在牀，得不到重用，同時邊關卻仍然無可靠之人把守。兩相對照，作者抒發了空有一腔熱血卻壯志難酬的感慨；針對當時元統治者内部爭權奪利引起的邊防廢弛的現狀，他更是深感憂慮。這首詩對仗工整，用典自然，詩意發人深省。尤其難得的是，這首詩還顯露了薩都剌極少訴諸筆下的北方民族的豪放粗獷氣質，是一首描述自己的境遇、理想而又能激勵衆人努力報效國家的邊塞詩歌。

寫這首詩的時候薩都剌還沒有去過塞外，因此詩中所寫都是“夢出塞”。在夢裏，他走馬提鞭、髑髏飲酒、起舞氈帳前，氣勢悲壯，慷慨激昂，頗能體現陸游名句“鐵馬冰河入夢來”的意境。

## 秋詞

清夜宮車出建章，
紫衣小隊兩三行。
石闌干畔銀燈過，
照見芙蓉葉上霜。

### 題解

這首詩又名《宮詞》或者《秋宮詞》。在元代詩人中，薩都剌以擅長宮詞和麗情樂府著稱。宮詞是以宮廷生活爲題材的詩歌。唐代詩人王建創作《宮詞》百首之後，人們即用"宮詞"來命名這種題材，歷代以宮詞爲題的詩作極多。薩都剌的宮詞有《四時宮詞》《春詞》等，體現了他清麗婉約、長於言情的特點。這是其中最膾炙人口的一首。歷代宮詞作品中大部分爲宮怨詩，即描寫宮女在深宮中的自哀自憐，而薩都剌這首《秋詞》卻沒有哀怨的氣氛，它抓住宮車深夜出行的瞬間畫面，描繪了一幅清淡簡潔、意境雋永的宮廷小景。寫作時間不明，一般認爲應該在元至順元年（1330）至至順二年之間，其時薩都剌在京任翰林國史院應奉文字，與宮廷生活最爲接近，最有可能創作《宮詞》這類體裁的作品。

秋詞 詩意圖 蕭惠珠 繪

## 【句解】

清夜宫車出建章，紫衣小隊兩三行

“建章”，漢代有建章宫，這裏借指元代内宫。“清夜”一作“深夜”，點出時間。在夜色的籠罩下，宫車出了宫門。與白日皇室出行時儀仗前呼後擁的情形不同，隨行的衹有穿著紫衣的兩三行宫女。從時間來看，是萬籟俱寂的時分；從人員來看，人數很少，所以沒有人聲鼎沸；也沒有宫廷侍衛出面呼喝，又可以看出深宫秩序井然。宫女的紫衣高雅端莊，在夜色中顯得朦朧而又神秘。作者著力展現一次安静、隱秘的出行。這樣深夜出宫，使人不禁要問：是什麼人坐在宫車裏？爲什麼會在深夜出行？然而作者沒有回答，給人們留下了想象的餘地。從現有文獻記載來看，元代皇帝喜夜遊宫苑。陶宗儀《元氏掖庭記》中屢次提到皇帝夜遊；他們甚至特意製造“五雲車”供夜遊之便，元詩人陳孚《雲車夜遊詩》即專記此事。由此可知，元代宫苑夜遊不是罕見之事，薩都剌此詩應該是有現實根據的。

石闌干畔銀燈過，照見芙蓉葉上霜

出行的隊列走過内宫池沼的石橋，宫女提著璀璨的銀製宫燈從石闌干邊經過，燈光照見了湖裏的荷葉，在秋夜裏，荷葉上已經凝結了一層白霜。宫禁森嚴，整首詩的視角應該是從遠處眺望，衹能看到紫衣小隊緩緩而行，銀燈所散發出來的淡淡光暈，與荷葉上白霜反射出來的清輝交相輝映。紫衣、銀燈、白霜，作者截取的這幾個意象清新、優雅、朦朧，就像一幅小品畫，筆墨淡淡，但是意境悠遠。後人多認爲薩都剌所寫不合乎元朝宫廷制度及實際情形，元人楊瑀在《山居新話》中曾對這首宫詞進行考證，認爲不合理的地方有：北方沒有芙蓉；宫中沒有石闌干；宫人衹是在大朝賀的時候纔著紫衣，平時不穿；宫車夜出不符合常理；由此認爲薩都剌所作衹是“擬宋宫詞”而已，並非親身經歷或者實景。楊瑀所論並不完全準確，宫車夜出之事上文已有解釋，又如芙蓉，陶宗儀《輟耕錄》《元氏掖庭記》都多次記載元上都内苑太液池及郊外西湖等地植有芙蓉。然而不管宫中是否有芙蓉，詩中的“芙蓉”更多地代表一種象徵意義。元上都仿照漢代宫苑，將内宫池沼命名爲太液池，這與詩中第一句的“建章”相應合。史載建章宫宫北建有太液池，太液芙蓉作爲宫苑一景一直流傳到後世，唐明皇讚楊貴妃爲“解語花”的故事即發生在太液池賞荷之時，白居易《長恨歌》亦有“太液芙蓉未央柳”之句。薩都剌此處所用“芙蓉”，即使不是實景，也令人遐想聯翩，或許比採用實景更使人心嚮往之。

## 評解

這首《秋詞》沒有一般宮詞哀怨的情調，文筆簡淡、意境雋永。薩都剌不僅是出色的詩人，同時還是一名丹青能手；《秋詞》這首詩畫面感很強，與他擅長作畫有密切關係。他截取的這一幅宮廷生活畫面，沒有聲音的干擾，在清幽的深夜裏，一輛宮車以及兩三行紫衣宮人悄然出行；在銀燈清亮燈光的照耀下，池水中闌干邊的荷葉上的清霜泛出淡淡的冷光。這樣描寫，雖然沒有渲染宮廷生活的華麗富貴，但讀者可以從中體會宮廷生活在細節上的精緻，自有一股華貴之氣滲透在畫面裏。元詩人楊維楨曾稱讚薩都剌：“天錫詩風流俊爽，修本朝家範。《宮詞》及《芙蓉曲》，雖王建、張籍無以過矣。”認爲他的宮詞超過了唐代以宮詞著稱的詩人王建、張籍。這話雖有過獎之嫌，但由此可知薩都剌宮詞的成就在當時人心目中的地位。

## 宿臺城山絕頂

江白潮已來，山黑月未出。
樹杪一燈明，雲房人獨宿。
近水星動搖，河漢下垂屋。
四月夜寒深，繁露在修竹。

### 題解

《宿臺城山絕頂》一詩大約作於元至順三年（1332）前後，即薩都剌在江南任職期間。“臺城”，據《明一統志》記載，位於元江寧府上元縣東北五里，是三國時吳國的後苑城，也是晉建康宮城，地勢居高臨下。此詩又名《宿臺山寺絕頂》，但臺山寺不知具體指哪座寺廟。此詩是作者借宿於臺城山頂上所見的夜景，體現了作者精於捕捉瞬間景象的才華。

宿臺城山絕頂 詩意圖 王本傑 繪

## 【句解】

江白潮已來，山黑月未出

首聯即用筆不凡，且對仗工整。在臺城山絕頂上遠眺江河，用“白”字來形容江水，描摹出潮水上漲騰起細浪、清澈的江水淨白如練的情景，祇一字即耐人尋味。下一句用“山黑”相對應，明暗對比，更顯出深夜裏群山山影之黝暗和江河水光之清明。江水翻起夜潮，在夜色裏反射著淡淡的白光；而月亮還沒有升上山頂，山影仍然黝黑一片。這明暗鮮明對照的景色充滿詩情畫意。

樹杪一燈明，雲房人獨宿

這兩句把目光收回來，望嚮臺城山頂。“樹杪”，即樹梢。從樹頂上看到一盞燈火的亮光，說明山頂上那個有人居住的地方地勢很高，險峻陡峭。“雲房”，一般指隱士或者僧道的居室，位於高處、高可入雲的房子也稱雲房。在臺城山絕頂上居住的人，應該不是僧道就是隱士，而其居處又如此險峻，稱爲“雲房”非常貼切。在山頂上遠遠的高處，透過樹木的枝梢可以看到一絲燈火的光亮；在這建於絕頂的雲房裏，有人獨自居住。“人獨宿”，應該指借宿的客人，也就是作者自己，這就與詩題相合，指明作者在臺城山的夜宿經歷。“雲房人獨宿”一句，有版本作“雲間人獨宿”，意爲住處高入雲端，詩意也通。

近水星動搖，河漢下垂屋

這一聯充滿想象力，氣勢弘大。“近水星動搖”其實說的是江河裏倒映著滿天星星的情形，上面提到江水夜潮翻起細浪，再加上星光的倒影，可以想見粼粼的波光輕輕蕩漾。作者不直接說星光倒映在水面上，而說因爲星星太靠近河水了，所以它們都隨著水波輕輕搖晃。天空繁星點點，水面上的星光與之交相輝映，五個字即描繪出一個綺麗絢爛的世界。“河漢下垂屋”也體現了作者豐富的想象。“河漢”，即銀河。銀河橫亘天宇，其末端看來像是要垂到臺城山的小屋頂上。夜晚在高山之巔仰望星空，視野開闊，迎著燦爛的星光，就會有伸手可摘星辰的錯覺。作者借助更誇張的想象，描繪銀河像是要低垂到自己的身邊。這兩句的詩境既來源於詩人的生活體驗，又進行了大膽的藝術誇張，浪漫色彩不輸於盛唐李、杜等人的詩句。

四月夜寒深，繁露在修竹

這一聯點出時間是在春末夏初的四月份。這是乍暖還寒的時分，詩人站立許久，觀景看星，不覺夜色已深，寒氣變重。"繁露"，指很多顆露珠。夜深寒氣加重，一顆顆露珠凝結在青翠的竹葉上，像珠玉般圓潤美麗。整首詩的畫面定格在翠竹和露珠上。露珠是晚上凝結水氣而形成的，無數露珠的出現暗示時間已經很晚，既呼應了上句更深夜濃的意思，同時凝露如珠又顯得雅緻清新。竹子被視爲君子之風的象徵，也是高風亮節的隱士所喜歡的植物。"繁露在修竹"一句隱含有豔羨深山隱居生活的意思。

## 評解

《宿臺城山絕頂》是一首即景詩。江潮、山影、燈光、星河、夜露、修竹，其中有聲音，有昏暗和亮光的對比；遠景有山下的江河，天上的銀河星辰，近景則有燈光和寒露；這些都烘托出幽深雅靜的夜景，深邃靈動。薩都剌善於化用生活場景，並借助豐富大膽的想象力做進一步的藝術誇張。從首聯到末句，每句詩乍看似乎都是信筆寫就，隨意排列，實際上每一句都帶有作者觀賞景色的情態，帶著詩人的情感。第一聯遠眺山水，明暗對比，作者內心充滿對自然造物的讚歎；第二聯寫黑暗中的燈光，帶給旅人溫暖；第三聯仰望星空，詩人的想象力開始天馬行空，以至於沉迷在星光裏，不覺夜色已深；在尾聯中詩人收回幻想，回到現實，看到更深露濃。作者時而白描，時而誇張，把所見到的景物以不同的視角攝入詩中，著力於景的刻畫，他的感情隨之融於景中，卻不著痕跡。

## 次韻登凌歊臺

山勢如龍去復回，
閑雲野望護崇臺。
離宮夜有月高下，
輦路日無人往來。
春色不隨亡國盡，
野花衹作舊時開。
斷碑衰草荒烟裏，
風雨年年上綠苔。

### 題解

這首詩應作於元至順三年（1332），當時薩都剌從翰林國史院應奉文字遷爲江南諸道行御史臺掾史，南下任職，五月又曾北上至京城，秋天再返回金陵（今江蘇南京）。此詩具體創作於這幾次南來北往的旅途中的哪一次，難以考證。“凌歊臺”，位於今安徽當塗縣的黃山頂上，據說南朝宋劉裕曾經路過此處，並在此地建造高臺，即凌歊臺；後來宋孝武帝劉駿即在此建避暑離宮。“離宮”，皇帝出行臨時所居的宮殿。後人登臨凌歊臺遊玩，多有題詠，較爲知名的有唐許渾所作《凌歊臺》詩：“宋祖凌高樂未回，三千歌舞宿層臺。湘潭雲盡暮山出，巴蜀雪消春水來。行殿有基荒薺合，寢園無主野棠開。百年便

次韻登凌歊臺 詩意圖 于守義 繪

作萬年計，巖畔古碑空綠苔。”薩都剌這首詩名爲“次韻”，沒有說明是具體和哪位詩人的詩作；從所押韻脚來看，有可能應和的是許渾的詩。這是一首懷古詩，通過描寫登臨凌歊臺所見到的情景，引發懷古的幽思。

## 【句解】

山勢如龍去復回，閑雲野望護崇臺

開頭兩句從遠處著眼，描寫凌歊臺的遠景。凌歊臺所依託的山脈蜿蜒盤旋，從遠處延伸到跟前，如一條矯健的龍來回遊動飛舞。山勢如龍，所以被皇家視爲風水寶地；凌歊臺坐落在這樣的山上，說明其位置得天獨厚。悠閑自在的白雲在高臺四周飄浮，像是在守護著這座宏偉的建築。“閑雲”指山野中所見的雲，它們是悠閑的，無拘無束地飄浮，帶著純粹又活潑的野趣。閑雲守護，也說明此臺地勢高，已經深入雲霧繚繞之中，需要仰視方可見到。“護”字這種擬人化的用法，使人想見雲霧層層圍繞的形態。閑雲、野鶴一般連用，指脫離朝廷、沒有各種制度束縛的人士。凌歊臺原本是皇家樓臺，現在卻衹有閑雲來相伴，隱隱地表露出凌歊臺受到冷落。

離宮夜有月高下，輦路日無人往來

這一聯著重寫凌歊臺內的景色。夜晚的凌歊臺離宮舊址，衹有月亮靜靜地升起又沉落，一股清冷、肅殺的氣氛從字裏行間透露出來。如果說這衹是因爲夜深而人跡杳然，那麼在本該有妃嬪、宮女、臣僚往來的輦路上，即使白天豔陽高照，也沒有一絲人影蹤跡，更渲染出凌歊臺被廢棄之後死寂、蕭條的情景。“離宮”“輦路”都是南朝宋劉裕建宮時的舊稱，“輦路”即帝王車駕所經的道路。“離宮”“輦路”用在這裏，多少帶點思古的幽情。許渾詩中有“三千歌舞宿層臺”一句，描寫當年劉宋君王的聲色享樂生活；而據史書記載，劉裕做皇帝時清心寡欲，並不如此奢華。也許因爲如此，薩都剌並沒有像許渾那樣描寫離宮的奢靡繁華，而著墨於凌歊臺目前的衰敗景象。

春色不隨亡國盡，野花衹作舊時開

在上面一聯渲染的基礎上，此聯自然而然道出了這樣的感慨：自然界的規律不會隨著一個王朝的滅亡而消失，它們依然存在，四季照樣輪回。每逢春天來臨時，凌歊臺上的野花仍像舊日一樣盛放，無論這裏是輝煌的離宮還是廢棄的樓臺，都沒有任何改變。這一聯與上聯相對照，一寫離宮的蕭條肅殺，一寫野花的自在開放。歷史上的英雄，其事跡、功業會隨著王朝的消亡而消散，昔日奢華的亭臺樓閣，也會化爲廢墟，就如同曾經人聲鼎沸的離宮，如今絕無人跡，衹有閑雲作伴，日升月落。另一方面，那些野花悠然自得地盛放，完全不理會人事的興廢。由野花的開放，作者的懷古幽思轉爲一種豁然開朗的歷史觀：原來歷史也和自然界一樣，其興衰自有內在的規律，世人所能做的，也就是如野花一樣盡量地放開心胸、自得自在而已。

斷碑衰草荒烟裏，風雨年年上綠苔

碑石本來是爲了刻下帝王的豐功偉業、記載那些輝煌的歷史而立起來的，而如今，負有這樣使命的碑石已經斷裂，淹沒在枯黃衰敗的野草和荒涼的烟塵中。綠色的苔蘚原本生長在人跡罕至的地方，現在它們慢慢地爬滿了那些經歷了風吹雨打的斷裂碑石。李白也寫過題爲《凌歊臺》的詩，最後兩句是“欲覽碑上文，苔侵豈堪讀”，由於厚厚的苔蘚遍佈碑石，遊人都沒法看清刻在石上的碑文。盛唐時代已然如此，薩都剌所處的元代更不必說。反過來說，正因爲沒有人清理和守護碑石，任其自生自滅，它們纔會變得綠苔遍體，這再一次證實了凌歊臺的敗落荒涼。除了輦路、斷碑，以及傳說，再也沒有什麼事物能證明當年凌歊臺的繁華，閑雲、野花、月亮，這都不是帝王所帶來的事物，也不是哪一代王朝所能控制得了的。帝王也許能在某一段時間裏創造非凡的繁華和功業，例如在凌歊臺上建造離宮，但這又是多麼短暫的事業！人生如夢，繁華如烟，衹有日月更替、雲起雲落、花草枯榮，纔是恒久不變的規律。作者以此作結，既有回顧歷史的淡淡感傷，又引出對歷史發展、朝代更替現象的深入思考。

## 評解

薩都剌的懷古詩頗爲後人所稱道，這首《次韻登凌歊臺》是其中較爲有名的一首。整首詩由凌歊臺的遠景著墨，著力於描寫凌歊臺上的景物與往昔離宮的對比，昔日的高臺、離宮、輦路、碑石都已荒廢，今日依舊山險臺崇，但這個世界已屬於閑雲、野草、綠苔。作者在感傷舊事時，又暗含看穿歷史規律的平和心態。他懷古，但不是一味地傷古、悲切，而帶有深沉的思考，更能打動人心，發人深省。“春色不隨亡國盡，野花衹作舊時開”一聯，已成爲詠古述懷的名句。

## 望金陵

行人雨霽入金陵，
蕭寺踈鐘又遠聽。
五月潮聲方洶湧，
六朝文物已凋零。
春風玉燭留歌韻，
落日青山立畫屏。
千古興亡堪一笑，
買花載酒賞心亭。

### 題解

這首詩應爲元至順三年（1332）左右所作，薩都剌其時任江南諸道行御史臺掾史，居住在金陵，創作了一批關於金陵的懷古詠史詩詞，如《滿江紅・金陵懷古》《百字令・登石頭城》等。《望金陵》也是一首以金陵爲主題的懷古七律。金陵曾是六朝古都，遺留下無數名勝風物，前人題詠數不勝數。詩人登上賞心亭，眺望金陵，通過古寺的鐘聲、城邊的濤聲等金陵的典型景物，回顧金陵六朝的歷史，通過曾經的繁華與眼前文物凋零現狀的對比，得出歷代興衰俱可付之一笑的結論，顯出詩人曠達的襟懷和俯視歷史的豪情。

望金陵 詩意圖 于守義 繪

## 【句解】

行人雨霽入金陵，蕭寺疎鐘又遠聽

雨過天晴，來來往往的旅人進入金陵城，遠遠地聽到寺院傳來悠揚的鐘聲。“蕭寺”即佛寺。南朝梁武帝蕭衍時大建佛寺，僅在建康，也就是後來的金陵城裏，就新建數百座。梁武帝曾命書法家蕭子雲在寺門上大書一“蕭”字，於是後人常把佛寺稱爲“蕭寺”。“疎鐘”，指寺院傳來的一下又一下緩慢的鐘聲。鐘聲用“疎”字來形容，很貼切地表現出金陵城的廣大，以及寺院鐘聲節奏的緩慢穩重。這每一次“當當”的敲擊聲都在城內悠揚回響，令人想起杜牧的名句“南朝四百八十寺，多少樓臺烟雨中”。關於寺廟的鐘聲，也有一個與梁武帝有關的傳說，據說梁武帝曾私下諮詢寶志和尚，如何纔能解除死後在地獄中的痛苦，寶志回答說衹有聽到鐘聲痛苦纔能平息，於是梁武帝就命令天下寺院敲鐘，這纔有了寺院的梵響鐘鳴。當然，這衹是傳說。蕭寺、鐘聲兩個典故都來源於梁武帝，又都與金陵有關，開篇即暗示整首詩金陵懷古的主題。

五月潮聲方洶湧，六朝文物已凋零

金陵五月，正是秦淮河水的潮汛期，波濤洶湧，拍打河岸，其聲轟鳴。潮聲爲金陵城有代表性的景物，唐詩人劉禹錫曾寫《金陵五題》，其中《石頭城》一首說“山圍故國周遭在，潮打空城寂寞回”，成爲吟詠金陵的名句。而作爲六朝古都，城內曾經擁有的紅樓朱閣、亭臺古寺這些遺跡古物，現在已經變得破敗凋零。數百年來，潮聲依舊回響於古城，但是城裏改朝換代，滄桑變化，昔日繁華景象早已經蕩盡，六朝風流已經逝去。這兩句採用對比的手法，表達景色依舊、物是人非的感歎。上下兩句對比，表明六朝金粉、英雄偉業，比不上濤聲的生命力更持久。

春風玉燭留歌韻，落日青山立畫屏

“玉燭”一詞在此並非指蠟燭，而是《尸子》《爾雅》等所說的四氣和順之意，《尸子》：“四氣和，正光照，此之謂玉燭。”“春風玉燭”也就是四季風調雨順、天下太平的意思。回想六朝的太平盛世，流傳下來多少詩篇歌詠，讓後人緬懷追想；而那樣的盛景也衹存在於歌詩與傳說中了。眼前的金陵，夕陽餘暉灑在層巒疊嶂的青山上，像一座精緻美麗的畫屏。這兩句仍然緣景述情，感懷舊史，但是沒有一味悲歎。六朝的繁盛固然值得不斷詠唱，但經過幾百年的變遷，英雄事跡已變成古舊的傳說，而江山依舊如畫，依然可以像一面畫屏那樣供人欣賞。

千古興亡堪一笑，買花載酒賞心亭

最後一聯以曠達的眼光來總結全篇，提出自己的觀點：千百年來朝代的更迭、世事的紛紜，衹能作爲供後人笑談的往事；不如買上一些時令的鮮花，帶上一罎好酒，登賞心亭眺望金陵的美景，開懷暢飲，這纔是人生的賞心樂事呢。“賞心亭”，宋時建在南京城秦淮河邊的一座亭子，據方志記載，站在賞心亭上，下面正好面對著秦淮河，景色絕佳。歷代詩人登臨多有題詠，如南宋詞人辛棄疾有《水龍吟·登建康賞心亭》，陸游也有《登賞心亭》詩。薩都剌這首詩到最後，纔揭出在何處“望金陵”，原來他是登臨賞心亭，居高臨下俯視古城。“千古興亡堪一笑”這樣睥睨歷史、胸襟曠達的詩句，把詩人慷慨豪邁的氣概表現得淋漓盡致。古今多少事，都付笑談中，這是他對歷史滄桑的評價，正如宋人張昇《離亭燕》詞所云，“多少六朝興廢事，盡入漁樵閑話”。這種物是人非、朝代更迭的情形屢次發生在金陵城裏，滄桑變化如此頻繁，人們對此已經不應再感到訝異。這貌似輕鬆的“一笑”之中，又藏有多少無法言說的沉重？作者沒有明說，衹將這心事埋藏在賞花、飲酒的行動當中了。對最後這一聯如何理解？有人認爲作者是完全的曠達，有人則認爲這是故作放縱的沉痛。詩人究竟是怎樣一種心情，衹能各人去揣摩體會了。

## 評解

薩都剌寫有諸多關於金陵的詩詞，《望金陵》是其中一首名作。這首詩以懷古詠今爲主題，以“望”字作爲抒發情感的起點，通過眺望六朝古都的山光水色，對比往日的繁華，感受古城的滄桑變化，最後引發出對歷史變遷、人事興衰的感慨，更留下“千古興亡堪一笑”的警句。在這“一笑”裏，有詩人內心的感觸，有他對歷史的評判，並且還顯出作者豪放的胸襟，他並沒有太多的悲歎，而欲把千古以來沉重的歷史事件、繁華興盛都當成笑談，可謂舉重若輕。在薩都剌的懷古詩中，這首詩的格調、立意都屬上乘。

# 過居庸關

居庸關，山蒼蒼，關南暑多關北涼。
天門曉開虎豹卧，石鼓晝擊雲雷張。
關門鑄鐵半空倚，古來幾度壯士死。
草根白骨棄不收，冷雨陰風泣山鬼。
道傍老翁八十餘，短衣白髮扶犁鋤。
路人立馬問前事，猶能歷歷言丘墟。
夜來鋤豆得戈鐵，雨蝕風吹半稜折。
鐵腥惟帶土花青，猶是將軍戰時血。
前年又復鐵作門，貔貅萬竈如雲屯。
生者有功挂玉印，死者誰復招孤魂。
居庸關，何峥嶸，
上天胡不呼六丁，驅之海外消甲兵。
男耕女織天下平，千古萬古無戰爭。

過居庸關 詩意圖 楊來春 繪

## 題解

清薩龍光所編《雁門集》中，此詩下題“至順癸酉歲”，則這首詩應作於元順帝至順年間（1333）。此時詩人居於金陵，任江南諸道行御史臺掾史。是年奉命前往上都（位於今內蒙古正藍旗）迎接新任南臺御史中丞馬伯庸，途中經過居庸關，有感而作。居庸關位於今北京昌平西北，關隘有兩高山夾峙，懸崖峭壁，下有巨澗，地勢險要，爲天下九塞之一，是兵家必爭之地。舊稱軍都關，北齊稱納款關，唐稱薊門關，後改爲居庸關。此時元朝剛經歷了一場蒙古貴族之間爭權奪利的戰爭：致和元年（1328），泰定帝死於上都，原武宗宿衛燕鐵木兒在大都擁立武宗之子圖帖睦爾登上帝位，是爲文宗；而丞相倒剌沙等人則在上都擁立泰定帝之子阿速吉八爲帝，雙方掀起奪位戰爭，這就是“兩都之戰”。宗室內部的爭鬥持續了數年。居庸關位於兩都之間，是重要的戰場。薩都剌寫這首詩時，戰事已經平息，但這首詩顯然是有感於“兩都之戰”而作的。《過居庸關》是一首古體詩，詩人先是描繪了白骨遍野、情狀凄慘的舊戰場，又通過路旁老農之口，把戰爭給人民帶來的人口減少、農事凋敝的惡果轉述出來，最後吶喊出人民熱切盼望和平生活的願望。這是薩都剌憂國憂民的寫實詩篇。

## 【句解】

居庸關，山蒼蒼，關南暑多關北凉

居庸關山勢險峻，遠望蒼蒼莽莽。在關隘以南，天氣還是暑天的悶熱；到了關隘以北，氣候即變爲凉爽宜人。居庸關高聳入雲，猶如天然的屏障，可以隔絕南北，使得關南關北一關之隔，而氣候有明顯區別，無形中成爲南與北天然的分界線。這一句也暗示詩人已經由南向北越過了居庸關。

天門曉開虎豹卧，石鼓晝擊雲雷張

“天門”，天宮的大門，這裏指居庸關高而險，是天然形成的雄關。仰望關隘，它高高在上，地勢險要，就像天宮的大門一樣；拂曉時大門打開，雄關盤踞高峰的英姿，就像是剽悍勇猛的虎豹，氣吞萬里。“石鼓晝擊雲雷張”一句，意爲居庸關旁邊的石頭，如一面面大鼓一樣碩大渾圓，如果有天神在白日敲起石鼓，鼓聲震天，其雄壯聲勢好像天上層雲頓開，雷霆大作。

這兩句用誇張的手法，把居庸關不同凡響的雄偉氣魄表現出來，虎豹環伺與石鼓轟鳴的意象，暗示居庸關得天獨厚的險峻氣象，因此纔成爲兵家必爭之地，陷入戰爭頻頻的處境。

關門鑄鐵半空倚，古來幾度壯士死

作者筆鋒一轉，開始轉入描寫戰場的淒慘情景。“關門鑄鐵半空倚”一句，意指居庸關的大門堅固得就像用生鐵澆鑄一般，堅不可摧，而且如此高大，就像倚靠在半空中，令人祇能仰望。這句承接前面幾句，對居庸關的雄偉高大、宛如天然屏障作進一步的描寫和渲染。至此，居庸關的形象和地位已經凸顯，爲什麼它會成爲兵家必爭之地？因爲這是南北分界線，是南來北往的通道。“古來幾度壯士死”，是詩人回顧歷史發出的感慨。他到居庸關下，仰望雄關，眺望關內外的地勢，居庸關果然具有一夫當關、萬夫莫開的戰略地位。這樣的雄關，當然要引起南北民族的激烈爭奪，自古以來，雙方皆有無數壯士爲此而戰死在關內關外。整首詩的氣勢開始由豪壯轉向悲涼。

草根白骨棄不收，冷雨陰風泣山鬼

亂草叢中躺著那些死去將士的屍骨，沒有人來安葬；天上飄著冰冷的雨絲，野地裏吹來陰風陣陣，都像是在爲這些孤魂野鬼哀泣。這兩句描寫令人觸目驚心，毛骨悚然，當年戰事的慘烈可想而知。戰死的將士拋屍野外，森森白骨胡亂地落在野草叢中，無人關心，也許因爲能爲他們收葬的人也已經不在人世，也許因爲死者太多，遍布荒野，不可能把他們一一下葬。英勇的將士們最後祇落得白骨暴露於荒野的下場，這是何等的淒涼和委屈。古人相信人死了之後，如果沒有入土安葬，就會變成孤魂野鬼，四處飄蕩，無法去投胎重新做人。白骨露於野，死後祇能做野鬼，是人們心中最淒慘的情形。冷雨陣陣，風聲蕭蕭，又何嘗不是鬼鳴啾啾，在傾訴自己的哀怨呢？這兩句描寫古戰場，暗中也譴責了戰爭給統治者帶來了利益，而士兵們卻淪落到死不瞑目的痛苦境地。

道傍老翁八十餘，短衣白髮扶犁鋤

詩人穿過居庸關，越過令人觸目驚心的舊戰場，繼續往北行進。在路旁遇見一位八十餘歲的老翁，穿著短衣，白髮蒼蒼，正在路邊的田裏耕種。老人已經八十餘歲，滿頭白髮，年老力衰，本應該頤養天年，在家享受子孫的奉養，現在卻仍在田間辛苦耕作。這意味著戰爭使得青壯勞力被迫離開家鄉服兵役和勞役，死者無數，等到戰火燒到家園，十室九空，就更無人照應老人了。老無所養，老人衹得自己耕作。戰爭給百姓帶來的災難是不言而喻的。

路人立馬問前事，猶能歷歷言丘墟

“路人”，指作者一行人。他們停下馬來向老翁詢問此前在這裏發生的戰事，老翁還能清楚地指認曾經被當成戰場的廢墟和荒地。這就是説，這時距離戰爭爆發的時間還不算太遠，百姓們對於這場戰爭以及戰爭所帶來的創傷記憶猶新。“丘墟”，就是廢墟。舉目四望，都是戰爭留下的廢墟，而這些廢墟，正是百姓們被毀壞的家園。慘酷的戰爭之後，百姓無力再將村莊恢復舊貌。

夜來鋤豆得戈鐵，雨蝕風吹半稜折

這幾句是老翁口述之言：晚上給豆秧鋤草的時候，還能從地裏挖到遺留下來的“戈鐵”，也就是鐵制的兵器。在田地裏可以隨處挖出兵器，可知這裏曾飽受戰爭鐵蹄的蹂躪。如今戰爭平息，百姓回到曾經變成戰場的田園，繼續耕作。這些被百姓從土裏挖出來的兵器“雨蝕風吹半稜折”，經歷了風風雨雨的腐蝕，早已失去了它的利刃。這些曾經被將士們握在手中衝鋒陷陣的利器，已經變成了破銅爛鐵。

鐵腥惟帶土花青，猶是將軍戰時血

“土花”，指鐵器長期埋在泥土中留下的剝蝕痕跡。老農從田地裏挖出的兵器，鐵銹中布滿青綠色的土花，還帶著一絲腥氣；這既是被泥土長期掩埋之後殘留的痕跡，也是當年將軍用它激戰搏殺時沾染上的血漬。這樣的描寫再度使人觸目驚心，原本應該平靜恬美的田園，卻時不時從土里挖到這樣帶著血腥氣和兇殺氣的兵器，使人難以忘卻那場恐怖的戰爭。以上四句表面上平鋪直敘，卻仍然讓人浮想聯翩，想到戰事的慘烈，想到血流成河的可怕場景，想到百姓在戰後的焦土上重建家園的艱辛，還想到戰爭所留下的血腥味和死亡氣息將一直揮散不去。詩人對民衆的悲憫之情以及對戰爭的譴責態度進一步表達出來。

前年又復鐵作門，貔貅萬竈如雲屯

“貔貅”，古代傳說中的一種猛獸，能與虎豹相搏，借指勇猛的軍隊。“竈”是軍隊做飯所搭建的竈台；軍隊中幾人同竈做飯有定制，漢時規定每竈五人，宋代變爲十人一竈，元代大約也有類似的規定。所謂“萬竈”並非實指，衹是形容軍隊人數衆多。這兩句仍以老翁的語氣敘述：前年朝廷又把居庸關的大門用鐵重新打造，修築工事，使其更加堅固；數量龐大而又勇猛的軍隊，像天上堆聚的雲彩一樣，已經屯集在居庸關附近。也就是說，統治者似乎又做好準備，要發動一場新的戰爭，百姓還沒有從上一場戰爭的傷害中完全恢復過來，新的戰爭災難又要降臨了。他們哪有暇休養生息呢？

生者有功挂玉印，死者誰復招孤魂

在戰爭中活下來的人能獲取功勞，當上將軍元帥；可是那些戰死的人，又有誰來爲他們招魂、處理後事呢？“玉印”，指官員的官印、將軍的帥印，這裏比喻得到高官。有人認爲這裏的“生者”指權臣燕鐵木兒，他在兩都之戰後，因功當上中書右丞相，封太平王，掌握朝廷重權。其實即使不是明指時事，“一將功成萬骨枯”也早就代表了人們對於這種戰爭的普遍理解：上層之間爭權奪利，卻給人民造成直接的災難。“死者誰復招孤魂”一句，又應和前面描述的古戰場慘狀，戰死的人衹能拋屍荒野，變成孤魂野鬼遊蕩哀鳴。上層統治者在戰爭中得到高官厚祿，下層的士兵和人民卻連安葬之處都沒有，這是多麼巨大的反差！又有誰能爲死者招魂，關心一下百姓的疾苦呢？這兩句充滿了詩人的感慨和同情。

居庸關，何崢嶸，上天胡不呼六丁，驅之海外消甲兵。男耕女織天下平，千古萬古無戰爭

最後幾句是整首詩的點睛之筆。“六丁”是道教傳說中的神，這裏泛指天神。作者忍不住大聲疾呼：居庸關是多麼高大雄峻，可是現在它卻變成了戰爭和苦難的象徵；上天啊，你爲什麼不命令天神把這座惹來禍事的雄關搬移到遥遠的海外，讓戰爭也隨之消失？從此以後，這個地方的人民就能男耕女織，過上和平、幸福的田園生活，千秋萬代都永遠不會再有戰爭發生。和平安寧，男耕女織，就是人民嚮往的桃源，是戰亂中人民的強烈渴望。爲此，當地人民即使放棄了雄偉的居庸關，也在所不惜。這就點出詩的主題：譴責戰爭給人民帶來的痛苦，以及對農業和人民日常生活帶來的破壞，譴責那些掀起爭權奪利之戰的貴族們，呼籲平息戰亂，表達人民迫切需要安定生活的願望。然而，在現實中，衹要居庸關依然是南北的天然屏障，依然是南來北往的交通要道，就依然會發生爭奪它的戰爭。詩人對上天的神靈大聲疾呼，請求它們把居庸關搬走。但是神靈真的存在嗎？這也衹是一種美好的願望而已。同樣，要求貴族們永遠停止戰爭，這種可能性又有多大？是不是也像搬走雄關一樣艱難？詩人運用豐富的想象力，表達了自己對人民的同情和

對和平的渴望。但是，也衹有幻想中，纔存在男耕女織的美好田園生活。人民所嚮往的和平和安寧，在當時的社會中是一個永遠也不能實現的神話。

## 評解

《過居庸關》是薩都剌所寫憂國憂民、關心百姓疾苦的長詩。元末朝政腐敗，戰爭頻繁，民不聊生。薩都剌從居庸關的雄偉壯麗景色、天然屏障般的險要地勢講起，通過自己沿途所見舊戰場白骨遍野的慘狀，以及路旁老人的親口講述，揭露了戰爭給百姓們帶來的痛苦；而更令人擔憂的是，百姓還沒有從上一場戰爭所帶來的影響中恢復，新的戰爭卻眼看又要爆發。薩都剌懷著對人民的同情，對發動戰爭的貴族加以譴責，大聲疾呼“上天胡不呼六丁，驅之海外消甲兵。男耕女織天下平，千古萬古無戰爭”，代百姓抒發渴望得到和平、安定生活的迫切願望，傾訴了人民反對戰爭的共同心聲。全詩寫景、敘事、抒情融爲一體，豪放、悲涼、雄渾等數種風格都體現在同一首詩中，氣勢磅礴，令人震撼。

## 上京即事（其六）

牛羊散漫落日下，
野草生香乳酪甜。
捲地朔風沙似雪，
家家行帳下氈簾。

### 題解

《上京即事》組詩寫於元順帝元統二年（1334），薩都剌前往上都公幹，在上都居住期間寫下了這組即景詩。上都是元遷都大都之前的京城，又稱上京，故址在今內蒙古正藍旗，與大都合稱“兩都”。上都建於1256年，由忽必烈選址修建，初名開平府。上都附近有閃電河，即今灤河的源頭。定都大都之後，元帝每年夏天仍照例巡幸至此。有元一代出現了諸多上京題詠作品。薩都剌雖爲色目人，祖居雲、代，但是他自己長期生活在南方。這次北上，他內心更多的是回歸故里的情懷。《上京即事》從題材上可以歸入邊塞詩歌，但是與唐代高適、岑參等人的邊塞詩相比，又有很大不同。《上京即事》組詩一反前人邊塞詩蒼涼、悲苦的意境，作者以熱情、積極、讚賞的心態，對上京盛景、草原風光及塞外人民生活片斷進行生動描寫。組詩共十首，這是其中的第六首。

上京即事（其六） 詩意圖　成秉羿 繪

## 【句解】

牛羊散漫落日下，野草生香乳酪甜

這兩句仿佛爲讀者展開一幅草原牧歌圖：傍晚，太陽正要落下，在夕陽的餘暉裏，牛羊悠閑地散開在草原上，慢慢返回家裏；草原上一望無際的野草帶著沁人的天然清香，而牧民家裏製作的乳酪也正散發出陣陣甜香。乳酪是牧民用牛羊奶自製的獨特食品，也是牧民喜愛的美食。聞到乳酪的香味，暗示著在這草原的某個地方，有一個溫暖和樂的家庭；而夜幕來臨，正是家人歡聚的時刻。

捲地朔風沙似雪，家家行帳下氈簾

夜幕降臨，猛然颳起了北風，大風捲地而起，漫天塵沙就像雪一樣潔白；草原上家家户户都把帳篷的氈簾放下來，以阻擋風沙。“朔風”，北風。這兩句從前面恬靜的草原晚景圖轉入截然不同的夜間風沙圖。塞外氣候具有早晚溫差大、多風沙的特點，而草原人民對此早習以爲常。“沙似雪”，在唐邊塞詩裏這種意象大多帶有凜凜寒意，如李益詩句“回樂峰前沙似雪，受降城外月如霜”，表現戍邊將士對塞外的觀感。而薩都剌這首詩則從塞外居民的角度出發，“沙似雪”成爲美麗的自然景色。在帳外北風緊吹、沙土飛揚的襯托下，更顯出帳篷内溫暖如春、家庭生活溫馨甜蜜，令人嚮往。

## 評解

薩都剌的邊塞詩歌數量不多，但是都頗爲世人看重，尤其是《上京即事》組詩，選用具有北方草原民族特色的語言、生活細節，對北方民族的生活風尚進行細膩、生動的刻畫，從而成爲膾炙人口的佳作。這一首寫草原暮色，前兩句截取夕陽下牛羊緩緩歸來、草香混著乳酪甜香這一虛一實兩重意象，分别訴諸視覺與嗅覺；後兩句則截取夜晚北風大作、牧民們把氈簾放下遮擋風沙的典型場景，表現草原家庭生活粗獷而不失溫馨的特點。這首詩語言簡勁，善於選景，顯得意境宏大而又輕鬆溫情。北朝民歌《敕勒歌》云“天蒼蒼，野茫茫，風吹草低見牛羊”，薩都剌這首詩可謂深得其意境精髓。

# 上京即事（其七）

紫塞風高弓力強，
王孫走馬獵沙場。
呼鷹腰箭歸來晚，
馬上倒懸雙白狼。

## 題解

這是《上京即事》詩的第七首，主要描寫草原上的獵手們狩獵歸來的景象，風格明快有力，洋溢著雄健、歡快、自然、樸實的情緒。詩中沒有戰爭的陰影，沒有妻離子散，沒有家破人亡，有的衹是對草原生氣勃勃的生活場景的歌詠。

上京即事（其七） 詩意圖　成秉羿 繪

## 【句解】

紫塞風高弓力強，王孫走馬獵沙場

“紫塞”，指長城，據說秦修長城所用的土呈紫色，後人即用紫塞來代替長城。“王孫”，一般指貴族子弟，這裏指狩獵的獵手們。獵手們騎著駿馬矯健地馳騁在獵場上，雖然塞外大風猛烈，但是獵手的弓更加強勁，絲毫不受影響。這兩句寫健兒們身強馬壯，弓矢精良，剽悍而又朝氣蓬勃，爲下面描寫他們滿載而歸埋下伏筆。

呼鷹腰箭歸來晚，馬上倒懸雙白狼

天色已晚，獵手們結束狩獵，準備返回營帳。他們大聲呼喝放出去捕獵的鷹飛回來，把剛纔打獵用的弓箭挂回腰間，剛獵到的兩隻白狼則倒挂在馬上，縱馬奔馳而回。草原人民以騎射爲豪，這兩句詩雖然沒有詳細描寫獵手們如何追逐獵物，如何百發百中，但祇從“馬上倒懸雙白狼”，也可看出獵手滿載而歸的喜悅和自豪。這種自豪並不是徒逞武勇的自豪，而是勞動獲得回報的自豪。寥寥數筆白描，既不獵奇，也不誇大，獵手的矯健、強悍已躍然紙上，其騎射的高超技藝讓人忍不住讚歎。但作者明快、健康的筆調，又讓人感覺到這祇是健兒們日常生活的一個小小側影，對他們來說這如同家常便飯，全然不需要爲此而大驚小怪。

## 評解

這首詩寫草原健兒狩獵，描繪的也是草原上習見的場景。但薩都剌並沒有對狩獵過程加以完整描述，而是選取富於包孕性的幾個細節和片斷，寥寥數語，即展現出一幅清新可人的草原風俗畫。對於這種草原生活，詩人給予發自內心的讚美。正是由於他對草原人民真心熱愛，對草原生活真誠嚮往，纔能寫出這樣格調昂揚、富有感染力的詩句。

# 雪中渡江過山飲暘谷簡上人房（其二）

山酒吹香出小槽，
燈前痛飲污青袍。
夜深夢醒知何處，
老鶴一聲山月高。

## 題解

這首詩大約寫於元統二年（1334），同題詩共兩首，這裏選的是第二首。“暘谷”，傳說中太陽升起的地方；簡上人，未詳何人，據薩龍光《雁門集》注釋，元僧人海雲等皆稱簡上人，但已無法考證詩中提到的是哪一位。此詩的第一首云“聞說山中新酒熟，野人乘興過江來”，點出詩人寒冬雪夜渡江探訪老友、二人暢飲新酒的主題。這首七絕清新自然，寫友朋相聚、醉飲暢懷的情景，歡暢之餘又透出淡淡的孤寂。

雪中渡江過山飲暘谷簡上人房（其二）詩意圖　徐震時繪

## 【句解】

### 山酒吹香出小槽，燈前痛飲污青袍

“山酒”，指自釀的粗酒；“小槽”，這裏指貯酒的器具。把自家釀的帶著醇香的新酒從酒槽舀出來，兩位老友坐在明燈旁邊開懷痛飲，酒水灑在身上，弄髒了青袍。這樣的場景，與白居易“綠蟻新醅酒，紅泥小火爐。晚來天欲雪，能飲一杯無”（《問劉十九》）的詩意差相彷彿。山居自釀新酒，雪夜圍坐暢飲，是一件快意的事情。喝得如此豪爽、痛快，可見是“酒逢知己千杯少”，以至於微有醉意，連弄髒了袍子都不管不顧，可謂憨態可掬。

### 夜深夢醒知何處，老鶴一聲山月高

從酒醉中清醒過來，夜已經深了，一時之間竟然反應不過來自己身在何處；這時衹聽得一聲老鶴蒼涼的鳴叫，擡頭一看，月亮已經高懸在遠山之上了。這兩句從前面的熱鬧、豪邁一變而爲清凜、陰柔。到這裏，詩人纔透露出他縱酒爲歡的表面下隱藏著的內心的孤寂感受。深夜裏的鶴唳與山月，既是實景，又是心境的類比。鶴的鳴叫聲本可以打破雪夜的寂靜，卻因爲衹有飄渺的“一聲”，反而更增強了孤獨寂寞的感覺。這是以動寫靜的手法。“老鶴”意味著其聲蒼涼哀切，再加雪夜、冷月，凜凜寒意簡直要沁人肌膚。“老鶴一聲山月高”，是熱鬧之後加倍感覺到的清冷，是詩人無論如何縱情痛飲、甚至爛醉，醒來之後仍然不能消減的一縷哀愁。這一句不用典故，直書所聞所見，形象鮮明，具有直擊人心的力量，常爲後人所稱道。

## 評解

薩都剌的詩一向被視作“流麗清婉”（元虞集《清江集序》）。然而除了綺麗之外，薩都剌更追求“詩有清氣”的風格，清人顧奎光《元詩選・序論》稱許“天錫詩有清氣，不是一味穠麗”，薩都剌自己也曾言“自是詩人有清氣，出門千樹雪花飛”（《寄金壇元魯宣差行操二年兄》），反對南宋末年以來詩必用典故、字必有出處的做派。他創作了許多清新自然的詩歌，這首《雪中渡江過山飲暘谷簡上人房》是其中具有代表性的作品。

從薩都剌留存的詩作來看，他酷好飲酒，詩中飲酒醉酒的描寫比比皆是，如“我有一斗酒，和淚灑天風”（《過池陽有懷李白》），又如“二君豪飲不可敵，醉倒綠髮參軍郎”（《寒夜與王記室宴集》），等等，有時是壯懷激烈，有時是借酒消愁。這首詩前兩句極力描寫燈前痛飲新酒的暢快淋漓，後兩句則寫從醉鄉中醒來所見到的清冷夜景。他喝酒到底是爲了尋找什麼、逃避什麼，酒醒之後他心裏增添了什麼、減少了什麼，盡在“老鶴一聲山月高”留給讀者的無盡想象之中。這首小詩不用典故，衹選取幾個小場景加以刻畫，末句欲說還休，戛然而止，意境頗爲高遠，饒有禪意。

# 三衢馬太守昂夫索題爛柯山石橋

洞口龍眠紫氣多，
登臨聊和《采芝歌》。
爛柯仙子何年去？
鞭石神人此地過。
烏鵲横橋秋有影，
銀河垂地水無波。
遥知題柱淩雲客，
天近應聞織女梭。

## 題解

此詩又名《三衢馬昂夫索題爛柯山石橋》，是薩都剌與馬昂夫的唱和之作。馬昂夫又名馬九昂，是與薩都剌同時期的詩人，二人交情頗好。薩都剌另有《和馬昂夫登樓有感》《寄馬昂夫總管》等詩作。薩龍光把這首詩的年代定爲元至正四年（1344），而據考證，馬昂夫任三衢太守是在至順三年（1332）至元統二年（1334）之間，此詩的創作時間應該在此期間，比至正四年要早。“三衢”，即浙江衢州，衢州南有爛柯山，是附會傳說中晉人王

三衢馬太守昂夫索題爛柯山石橋 詩意圖　成秉昇 繪

質入山觀棋而"爛柯"的地方。據宋代地理書《方輿勝覽》記載，王質所到的爛柯山應該在西安附近。作爲一首唱和詩，馬昂夫應該有一首原作，但是目前流傳下來的衹有他的一首小令《蟾宮曲・題爛柯石橋》。薩都剌應馬昂夫之邀寫這首詩，但他並沒有親眼見到爛柯山的景色，於是融合與爛柯山相關的幾個膾炙人口的傳說、典故，營造出想象中的爛柯山。此詩筆力雄偉奇崛，意境綺麗，是薩都剌詩中比較少見的大量用典、風格奇詭的作品。從這首詩也可以看出，薩都剌晚年有學佛問道、隱居避世的傾嚮。

## 【句解】

洞口龍眠紫氣多，登臨聊和《采芝歌》

第一、二句即緊扣爛柯山這一主題，"洞口"，指爛柯山洞。據《方輿勝覽》記載，爛柯山一名石室山，又名石橋山。傳說晉朝時，樵夫王質進入此山砍柴，看見橋下有兩名童子正在下棋，王質拿著斧子站在旁邊觀看，一局沒有結束，童子就催他回家，他這纔發現斧頭的木柄竟然已經腐爛了；回到家鄉，世上已經過了一百多年，纔知道下棋的童子原來是仙人。這是後世流傳廣泛的遇仙故事。這首詩要重點表現爛柯山的仙境之姿。"洞口"一句的意思是：仙山的洞天氣象萬千，就像有祥龍盤卧在洞口，紫氣氤氳纏繞，雲蒸霞蔚。"紫氣"是道教的說法，是祥瑞的象徵。這第一句就展示了一個令人嚮往的仙境，有洞天福地、有龍、有仙氣環繞，引人入勝。"登臨"一句則意爲：我來到這樣超凡脫俗的仙山中，忍不住想唱和一首像《采芝歌》那樣表達隱居願望的詩歌。秦漢時，夏黃公等四人因爲不滿秦的暴政，避入商山隱居，號稱"商山四皓"，他們寫了一首《采芝歌》，表示隱居避世、自甘清苦、不聞世事之意。薩都剌用這個典故，表示看到如此仙境之後，他內心不由得產生了隱居脫俗的心思。

爛柯仙子何年去？鞭石神人此地過

王質遇到的那兩位仙人什麼時候從這裏離開了？山中空有傳說中的仙跡，卻已見不到仙人。這句暗示，作者內心也懷著遇仙的渴望。"鞭石神人"來源於"鞭石成橋"的傳說。傳說秦始皇想到海的另一邊去看日出，遂命神人用鞭子驅趕巨石，跨海搭成一座大橋。"鞭石神人"即指具有驅趕石頭的驚人法術的神仙。後世引用這個典故，一般指一座宏偉的大橋建成，意謂正是在鞭石神人的幫助下，纔建成這様鬼斧神工的大橋。“鞭石”一句切題，指的是爛柯山的石橋，意爲：爛柯山的石橋凌空橫跨，就像是有鞭石神人曾經來過這裏，憑藉神奇的法力建造了這座凡人不可能完成的雄偉的橋梁。這兩句渲染爛柯山壯麗瑰奇的景色。

烏鵲橫橋秋有影，銀河垂地水無波

“烏鵲橫橋”是從牛郎織女故事變化而來的典故，民間傳說中，牛郎織女兩相愛慕，卻被銀河隔開，遥遥相望，衹有每年的七夕纔能在鵲橋上相會。這裏用“鵲橋”的典故，也是照應吟詠“石橋”這個主題。七夕時候，烏黑的喜鵲搭成一座橫跨天空的鵲橋，在大地上投下一道橋形弧影；銀河從天上一直垂伸到地面，但是它雖然號稱“河”，卻没有一絲水波。這一聯對仗工整，且以實對虛，想象出奇：烏鵲橫橋雖然來自傳說，但畢竟鵲也好、橋也好，都還是現實中可以見到的事物，當然可以“有影”；至於銀河，本身就不是“河”，自然“無波”，詩人的思維之翼卻偏要伸展開來，在“波”字上做文章。“銀河垂地水無波”一句，其想象力直追李白名句“飛流直下三千尺，疑是銀河落九天”。試想一下，橫亘天宇的銀河竟然垂到地上，這種氣貫長虹的氣勢，多麼令人神往！同時這句也暗示爛柯山之高，其絕頂可以觸及天上的銀河。在道教傳說中，這樣的高山正是凡人飛昇上天的道路，也是仙人出没的地方。這兩句仍然極力渲染爛柯山的神奇。

遥知題柱凌雲客，天近應聞織女梭

“題柱”是又一個典故。據傳漢代司馬相如未發跡時，前往長安謀求官職，經過蜀郡的昇仙橋時，在橋柱上題字稱“不乘駟馬高車，不過此橋”。駟馬車當時衹有官員纔有資格乘坐，司馬相如的意思是如果不能謀求到官職，實現自己的理想，就堅決不返鄉。“題柱”以後即被視作有志於功名的典故。司馬相如又曾寫《大人賦》獻給漢武帝，漢武帝誇讚說讀了此賦“飄飄有凌雲之氣，似遊天地之間意”，後來“凌雲”被用來比喻志氣高遠，或者文筆雄健飄逸。這裏“題柱凌雲客”指馬昂夫，作者誇他有凌雲之志，而又丰姿瀟灑。這種凌雲之志，既可以理解爲仕途方面的努力，也可以理解爲對得道飛昇的追求。

另外，有人認爲“題柱”用的是漢代尚書郎田鳳的故事，據說田鳳儀容端正，風姿飄然，入朝奏事，漢靈帝目送他離去後，在柱子上寫下“堂堂乎張，京兆田郎”幾個字，讚美他的風度。後世即用“題柱”表示由於儀容端莊而受矚目的人物。這麼理解也無不可。但是由於本詩是詠爛柯山石橋，將“題柱”理解爲司馬相如題橋的典故顯然更爲貼切，何況司馬相如所題的橋名叫昇仙橋，與詩中所敘遇仙主題也很吻合。

最後一句提到“織女”，回應上文出現的“烏鵲横橋”“銀河”。結尾這兩句的意思是：雖然相隔很遠，但遥想那位志氣高遠、風姿飄然的高人，站在爛柯山的絕頂之上，離天庭那麼近，應該能聽到織女辛勤織布、機杼穿梭的聲音吧。“天近應聞織女梭”，與李白的“不敢高聲語，恐驚天上人”亦有異曲同工之妙。

## 評解

這首詩是應馬昂夫的邀請而作，主題是吟詠爛柯山的石橋，屬於薩都剌詩歌中用典較多的作品。第一、二句描繪山景，第三、四句點明爛柯山石橋弈棋的典故，由石橋而引出“鞭石成橋”“烏鵲成橋”“相如題橋”等一系列與橋有關的典故。典故雖多，但是没有堆砌、纍贅之感。這些典故在詩中應用極爲自然，它們恰如其分地融匯到詩句裏，整首詩可以說是環環相扣，前後照應，讓人有意蘊雋永之感。由此可以看出薩都剌驅使典故爲己所用的功力。明人張習在爲《雁門集》所撰的題識中，稱薩都剌屬於“奇才天授，開闔變怪，莫可測度，以駭人之視聽”。這首詩意境奇詭，壯麗宏闊，頗有唐代李白、李賀的餘韻，正符合張習所下的判語。由山水的自然之景，引出對傳說中仙境的嚮往，其中也透露出學佛問道、隱居避世的内心渴望。

# 高郵阻風

離家十日得順水，不卸蒲帆一千里。
忽然今日風打頭，寸浪寸水逆上流。
小兒造物不可測，昨日南風今日北。
黃郎束手篷下眠，盡日閑看順水船。
順船得勢如馬走，相望招呼不回首。
長風破浪我亦曾，順逆偶爾非人能。

## 題解

此詩約作於元順帝至元二年（1336），其時薩都剌由燕南廉訪司照磨升遷爲閩海廉訪司知事，從京都前往福建赴任，途經江蘇高郵，船隻遇到大風而作此詩。此時作者已在官場中沉浮十多年，步入老境，仍然鬱鬱不得志。他逐漸看透了人生的順逆之境和官場的翻雲覆雨。《高郵阻風》由描寫江上風波多變，暗喻作者人生、仕途失意的境地，並進行自我寬慰，詩中蘊含作者所悟到的人生哲理。

高郵阻風 詩意圖　王興華 繪

## 【句解】

離家十日得順水，不卸蒲帆一千里

“蒲帆”，以蘆葦編製的船帆。詩的開篇道出人在旅途的境況：我乘船離家，路上已經有十天，一路順風順水，因此船上的蒲帆一直高高地挂著，不卸下來，不知不覺間就航行了很遠。“一千里”未必是實指，衹是表明航船已經駛出很遠的距離。

忽然今日風打頭，寸浪寸水逆上流

今天忽然迎面遇上大風，航船逆風而駛，走得艱難而緩慢，衹能一寸一寸地努力前行。由順風疾行變成逆風而寸步難行，切合“阻風”的題目。“寸浪寸水”形象地描繪出船隻一點一點往前艱難行駛的情景，與前面說的十日行駛千里形成了鮮明對比。

小兒造物不可測，昨日南風今日北

“造物”，創造萬物；“小兒”，那小子。“小兒造物”意指自然界、造物者，但帶有一種輕視不恭的口氣。這兩句的意思是：造物者這個小兒，我們凡人真是沒法揣摩它的真正用意；昨天這江上還颳的是南風，今天突然就變成了北風。自然界的變化，凡人當然沒法阻擋，也沒法把自己的意志強加給它，衹能無奈地接受自然界的安排，所以纔有“造化弄人”這樣的說法。有評論者認爲，“小兒造物”也有影射當時統治者的用意，曲折地表示自己衹能聽從統治者的安排，在官場上沉浮，對此無能爲力，慨歎官場風雲變幻，以及統治者的天威不可揣度。

黃郎束手篷下眠，盡日閑看順水船

“黃郎”指船上的船夫。船夫面對迎面吹來的大風當然也是束手無策，衹好在船篷下躺著打盹，其他人則閑極無聊，衹好整天看著對面那些順風順水擦肩而過的船隻。

順船得勢如馬走，相望招呼不回首

那些順風的船隻得到大風的助力，氣勢就像奔馬一樣迅猛，從我們的船邊經過時，我們遠遠望著，想跟他們打個招呼，但兩船轉眼便相互錯過，對方竟沒有回頭答應。這兩句與前一聯合在一起，非常形象地寫出處於順風、逆風兩種不同境遇中的人們迥然不同的行爲和心態，爲作者將要提出的哲理性思考作了鋪墊：順風的人志得意滿，洋洋自得，看不起那些處於逆境的人；而處於逆境的人，看到別人境遇順利，是不是也有點羨慕呢?

長風破浪我亦曾，順逆偶爾非人能

我也曾經有過順風行船的時候，也曾經飛速地破浪前進；順風和逆風都是偶然的遭遇，不是人力所能預先謀劃，也不是人力所能左右的。“長風破浪”，暗含南朝宋宗慤的典故。宗慤年少時，別人問他的志向，他說：“願乘長風，破萬里浪。”“長風破浪”就成爲一帆風順地施展遠大抱負的意思。唐李白詩“長風破浪會有時，直挂雲帆濟滄海”，宋王安石詩“勸君慎莫譏風伯，會有開帆破浪時”，都用了這個典故。薩都剌在仕途上不得志，胸懷抱負難以施展。而那些此時順風的船隻就像那些政治上正得志的人，得意洋洋。薩都剌對此早已見慣，祇是淡淡地說，像這樣得志的時候我也曾經有過，但是一轉眼又處在逆境中了；奉勸那些正得志的人們不要過於自滿，政治風雲在轉瞬間就會發生變化。再返回去仔細琢磨整首詩，會發現前面的八句都是在作鋪墊，最後兩句則提高到對人生際遇進行哲理性思考的高度，詩歌主題得以昇華。詩描寫的是實景，但又何嘗不能看成一首政治諷喻詩或人生哲理詩呢?

在這首詩之後，薩都剌又寫了一首《黯淡灘歌》，描寫船隻在黯淡灘上行走的情景，末尾幾句是：“乃知逆順有如此，逆者悲愁順者喜。請君聽我黯淡歌：順則流行逆須止。順者不必喜，逆者不必愁。人間逆順俱偶爾，且得山水從遨遊。”可以看作薩都剌對自己順逆之境的又一次反思。這一次他放寬了心胸，認爲順逆無須悲喜，這些都是暫時的現象，不如沉醉於山水，悠然自得。

## 評解

《高郵阻風》有些類似宋人“以議論爲詩”之作。薩都剌基本上主張“宗唐復古”，以“唐音”“唐體”爲最高境界，沒有留下太多類似《高郵阻風》這樣的作品。這首詩可以視爲他哲理詩的代表作。詩從一次乘船這樣的日常生活片斷寫起，最終提煉出對生活的感悟、對仕途生涯的反思。在官場裏，有人得意，就會有人失意；就像在一條大江上，有順風船，就會有逆風船。想通了這個道理，處於逆風時，看一看順風船上的人們洋洋得意的樣子，就會覺得非常可笑。所謂“順者不必喜，逆者不必愁”，畢竟順逆的遭遇，無論是自然界控制下的變化，還是統治者控制下的變化，都不是小民的微小力量所能左右。這番感慨和說理，既有對統治者的不滿情緒，也是對自己仕途失意的寬慰。這首詩在寫景中滲透作者的情感以及理性思考，由平常的事物中提煉出精闢的結論，可謂深得哲理詩的精髓。

## 過嘉興

三山雲海幾千里，十幅蒲帆挂烟水。
吳中過客莫思家，江南畫船如屋裏。
蘆芽短短穿碧沙，船頭鯉魚吹浪花。
吳姬蕩槳入城去，細雨小寒生綠紗。
我歌水調無人續，江上月涼吹紫竹。
春風一曲鷓鴣詞，花落鶯啼滿城綠。

### 題解

此詩作於元順帝至元二年（1336），薩都剌當時離開大都沿運河南下，前往福建赴任，途經嘉興，寫下這首詩。“嘉興”，即今浙江嘉興市。薩都剌生長在北方，他來到吳越水鄉，從一個異鄉人的角度，用充滿新奇感的語言來描摹江南的秀麗景色。詩中提到的烟雲、畫船、蘆芽、吳姬、鷓鴣、鶯啼等，無一不是江南一帶的風物。這些景物與詩人愉快的心境被一起寫入詩中，情景交融，畫出一幅充滿生機的江南春景。

過嘉興 詩意圖　蕭惠珠 繪

## 【句解】

三山雲海幾千里，十幅蒲帆挂烟水

開頭兩句營造了一幅雲水茫茫、青山掩映的綺麗畫卷：三山不知道在茫茫雲海哪個地方，相隔有幾千里；我乘坐的帆船挂著十幅寬大的蒲帆，帶著朦朧水氣，在霧氣瀰漫中航行。“三山”，代指福州城，據說是因爲城裏有九仙山、閩山（烏石山）、越王山三山，因而得名。“三山”一句點明此行的目的地是福州，寫景又兼敘事，卻沒有斧鑿痕跡，可謂妙筆。這兩句意境開闊，遠景可見千里雲烟，青山聳立；近景則有一艘帆船在烟水繚繞中緩緩穿行。詩如畫，畫如詩，顯示出薩都剌在詩歌和繪畫方面的雙重功力。烟水迷茫，美則美矣，但是容易讓人產生前途何在的悵惘之情，在開闊高遠的意境之中，又不免略帶一點旅途的憂傷。

吳中過客莫思家，江南畫船如屋裏

經過吳中的旅客無須思念家鄉，坐在江南的畫船裏，就像坐在自己的家裏一樣。這回應了上句裏淡淡的旅途憂思。作者安慰自己，即使離家千里，但在如畫的江南景色裏，盡可樂而忘憂，用不著思鄉，也不必惆悵。作者從北方來，面對江南美景，怡情開懷，因此要拋棄羈旅之思，敞開心胸來盡情享受美麗的水鄉景色。

蘆芽短短穿碧沙，船頭鯉魚吹浪花

河岸的蘆葦剛剛從沙灘裏冒出短短的嫩芽，白沙也被染成了碧綠的顏色；鯉魚在船頭歡蹦亂跳，濺起層層浪花。這是多少欣欣向榮、充滿活力的水鄉景色！“蘆芽”，蘆葦的嫩芽，是江南特有的景物，蘇東坡描寫江南春景，曾有“蔞蒿滿地蘆芽短，正是河豚欲上時”的名句。“蘆芽短短穿碧沙”寫的也正是初春蘆芽破土而出的景象，“短短”二字尤能表現春天剛剛來臨、萬物蘇醒生長的感覺；而“穿”字則描摹出蘆芽生長的銳氣，陸游曾有“蘆芽刺岸沙”句，“刺”與“穿”都表達同樣的意思；以“碧沙”形容沙岸，初讀感覺有點突兀，然而聯想到王安石“春風又綠江南岸”的名句，則沙岸被蘆葦的嫩芽所覆蓋，渲染成一片新綠，這是何等賞心悅目的風景，“碧沙”又何等貼切！到這裏爲止，全詩一直都表現靜態的美景，忽然靜態被打破了，“船頭鯉魚吹浪花”，歡躍的鯉魚，潑喇喇的水聲，立刻帶來了勃勃生氣。這兩句選取了江南特有的景色，遠可見蘆芽、碧沙，近可見鯉魚翻浪，遠近兼顧，又動靜結合，畫面層次感極強。

吳姬蕩槳入城去，細雨小寒生綠紗

“吳姬”，泛指吳地的女子。吳地女子摇著船槳划船進城，這時下起了小雨，微微的寒意，透進了碧綠的窗紗。在水網綿密的地方，無論男女老少，皆能以船代步。一個江南女子，咿咿呀呀地摇著小舟，穿行在江上，這本身就是一幅非常嫵媚的風情畫，很容易引起外鄉人的注目。作者目送吳姬摇著船入城，漸去漸遠，暗示著暮色來臨，江上諸人逐漸歸家。祗有作者這樣的過客，無家可歸，仍然留在江上；想到這裏，作者心情逐漸低落，從剛纔的歡快又掉入若有若無的憂鬱，這纔發現細細的雨霧帶來了絲絲寒意。吳姬、蕩槳、細雨，都表現出江南柔媚、溫馨的特點。

我歌水調無人續，江上月凉吹紫竹

隨著夜幕降臨，暫時忘卻的鄉愁又湧上心頭。“水調”，歌名，據傳由隋煬帝所作。放聲高歌一曲《水調》，但是卻沒有人唱和；周圍很靜寂，沒有人理解自己的心思，沒有知音，在這江上，詩人顯得多麽寂寞。這時候江上月色清冷，從某個地方遠遠地傳來了悠揚的簫聲。“紫竹”，指用紫竹所製作的簫、笛等吹奏樂器，這裏可能指紫竹簫，因爲簫聲比其他樂器更加低沉嗚咽，與作者的輕愁和周圍清泠泠的月光也更協調。有人認爲此處“吹紫竹”的是作者本人，在放歌之後，又拿起紫竹簫，傾訴自己的一腔情思。這樣理解也可以。

春風一曲鷓鴣詞，花落鶯啼滿城綠

“鷓鴣詞”即“鷓鴣天”曲牌，其旋律悠揚婉轉，一般用來寄託離人之思。在春風裏聽到了遠處傳來《鷓鴣天》的樂曲，仿佛看到落花飄飛，黃鶯婉轉鳴叫，而城裏正一片綠蔭葱葱。正是“草長鶯飛二月天”，從入耳的曲子裏，作者想象到春滿江城的景色，這是簫聲帶來的感受。這裏提到的“鷓鴣”，既指“鷓鴣天”曲牌，又有別的含義。鷓鴣是南方禽類，傳說這種鳥無論飛往哪個方向，一展翅必然先往南飛，因此被南方人視作思鄉的象徵，唐詩人鄭谷有“坐中亦有江南客，莫向春風唱鷓鴣”之句，因爲聽到鷓鴣詞，能讓在異鄉的江南人油然而起思鄉之情。鷓鴣的叫聲又被類比成“行不得也哥哥”，對於離家出行的人來說，這一聲聲啼叫讓人想起家人的挽留，尤其令人傷懷。薩都剌作爲來到江南的異鄉人，聽到一曲《鷓鴣天》，既勾起了鄉愁，又暗示江南對他的挽留和他對江南美景的無限留戀。整首詩從氣象開闊的千山蒼茫開始，結尾於樂曲所帶來的滿城春色，心情幾度起伏，最後在依依不捨中結束。

## 評解

這首詩是薩都剌被後人傳誦的寫景紀行佳作。明人張習在《雁門集》題識中，認爲《過嘉興》的特點是“婉而麗，切而暢”，即詩筆溫婉清麗，又精闢流暢，非常恰當地總結了整首詩的風格。清人蔡琰在他的《讀元人詩》中評價薩都剌的詩風，特意化用這首詩的詩句，概括爲“十幅蒲帆江上路，橫吹紫竹太玲瓏”，可見《過嘉興》在後人心目中的位置。

在這首詩裏，薩都剌用山水畫般朦朧而又優美的筆觸，細膩地描寫了被雲烟籠罩的遠山、被蘆芽染綠的江岸，鯉魚翻浪、吳姬蕩槳，細雨綿綿、月色簫聲，這些江南景物逐一在詩中展現，卻又不覺得堆砌，衹覺得每樣都不可缺少。寫法上或靜或動，或虛或實，結合得很巧妙，充分展現了薩都剌“風流俊爽”的風格。最後一曲《鷓鴣天》，可謂餘音嫋嫋。宋人張詠有一首《聞鷓鴣》：“畫中曾見曲中聞，不是傷情即斷魂。北客南來心未穩，數聲相應過前村。”意思是鷓鴣的啼聲曾在書本中見過，曾在樂曲中聽過，它們都與憂傷的情感聯繫在一起。北方來的客人到了南方，心還沒有安定下來，聽到數聲鷓鴣，還沒有反應過來，它們已經以鳴叫聲互相呼應著迅速飛走了，衹把一片又甜蜜又憂傷的情思留給異鄉人。“北客南來心未穩”，何嘗不是薩都剌此時心境的寫照呢？

## 題淮安王氏小樓

拂曉樓窗一半開，
樓前昨夜浪如雷。
滿江梅雨風吹散，
無數青山渡水來。

### 題解

此詩詩題下原有薩都剌所撰寫的“引”：“邑山王氏小樓獨占淮安一勝，予嘗以迎餞至此，登斯樓，漫成四絕，模寫其概，後之來者，其興無窮。”一般認爲“淮安”指的是今江蘇淮安。從小引中可知，王氏小樓在淮安應該頗爲知名，但是現在已無法知曉其具體來歷。薩都剌在王氏小樓上參加別人爲自己準備的接風洗塵筵席，登上小樓，看到小樓周圍的絕佳景色，於是寫成四首七言絕句。從地點和內容來看，這組詩大概寫於元順帝至元二年（1336）左右,其時薩都剌任福建閩海道廉訪司知事，曾因赴任、升遷等多次經過江淮一帶。四首詩從春、夏、秋、冬四個不同的角度描繪小樓與江河之景。這裏選的是第二首，這首詩以清麗典雅的文筆，描摹一個雨後的夏日清晨山青水秀的絕美景色。

題淮安王氏小樓 詩意圖　王夢湖 繪

## 【句解】

拂曉樓窗一半開，樓前昨夜浪如雷

在清晨旭日初升的時候，一覺醒來，衹見小樓的窗户半開半掩；而小樓前是一條江河，昨夜大雨驟降，透過半開的窗户，整夜都聽到河水掀起大浪，拍擊河岸，像雷聲一樣轟鳴。雖然詩中沒有明說昨夜的雨勢如何，但是從窗户半開，可以猜到是雨勢更加風勢，使得窗户竟然被颱開了；詩人大概貪眠酣睡，雨勢驟來，也沒有起來關上半開的窗户。睜開眼睛，看到晨曦透進半掩的窗户，纔回想到昨晚的雨勢。樓下的波濤聲猶如雷鳴，有點誇張，但正因爲這聲音是在半夜，擾人清夢，自然會覺得它出奇地響亮。

滿江梅雨風吹散，無數青山渡水來

江上一直瀰漫著的連綿不斷的梅雨雨霧被大風驅散了，遠遠望去，一座座青山由雲霧中逐漸顯現，由遠而近，像是在歡快地渡江而來，出現在小樓之前。早晨醒來倚窗而望，那原來令人鬱悶的連綿梅雨一夜之間都被風驅散了，滿江晴朗，於是心情也隨之歡快輕鬆起來。河畔的青山，被雨沖洗後顯得尤其青翠碧綠；一座座青葱秀麗的山峰從雲霧中露出來，沿著河岸從遠處排到近前，這原本衹是因爲雲霧漸散，還有地理位置上的遠近關係而產生的錯覺，而在作者筆下，山峰卻被賦予像人一樣來來去去的自由，所以可以渡江而來。這一擬人手法的運用，使得山水有了人的感情，有了靈氣，從而格外明媚動人，同時也顯出作者內心的喜悅、曠達之情。以情寫景，把景色寫出靈性，再以明麗之景烘托自己愉悅的心情，是這首詩的成功之處。

## 評解

這首絕句開頭純用白描手法，直接描摹眼前景象。從醒來見到滿江晴色，引出對昨夜狂風驟雨的回憶，進而憑窗望見江邊的青山，一句“無數青山渡水來”，使整首詩變得格外生動活潑，作者歡快、怡然之情也隨之躍然紙上。這首詩格調清新，不事雕琢、用詞簡潔質樸，卻有一種天然宛轉的情致，引人入勝。“看似尋常最奇崛，成如容易卻艱辛”，要達到這種質樸自然的造詣其實很難，這也是薩都剌被認爲能直追唐人的地方。

# 玉山道中

積雨千峰霽，溪流兩岸平。

野花多映水，山鳥自呼名。

人語隨鄉變，官船帶月行。

江南數千里，無處不關情。

## 題解

這首詩作於至元三年（1337）前後，當時薩都剌任福建閩海道廉訪司知事，至元三年八月遷爲燕南河北道廉訪司經歷；離開福建後，還曾前往江西探望弟弟。在這兩三年中，他數次入閩、出閩，由北而南，又由南而北，寫了大量的紀遊寫景詩。這首《玉山道中》也是在旅途中寫就。"玉山"，在今江西境內，薩都剌曾經乘舟經過此處。這首詩寫詩人坐在船上一路所見的景色。

玉山道中 詩意圖　程錫瀛 繪

## 【句解】

積雨千峰霽，溪流兩岸平

一場大雨之後，層巒疊嶂上都雲破日開，綻放晴光；山下的溪流由於雨水的急遽匯入，水位迅速上漲，幾乎要漫過兩岸。這是一派夏日雨後天晴的景象。雨停了，仰望高山，衹見陽光從峰巒間透射出來，空氣清新，令人心神俱爽。再看山腳下，衹見山澗小溪因匯集雨水而變成了小洪流，洶湧地流淌。從這些描寫可以猜出，剛纔下的應該是一場急驟的大雨。

野花多映水，山鳥自呼名

河岸邊的野花開得正盛，被雨打濕之後，微微彎伏，就像在臨流照影一樣；而山裏的小鳥在雨停之後，又飛出來嘰嘰喳喳地歡鳴，就像在呼喊自己的名字。“山鳥自呼名”一句，也可以理解爲山鳥的鳴叫聲猶如相互呼喚。無論哪一種解釋，這句詩都顯得頗有新意，賦予了小鳥擬人化的人格和靈性，天真俏皮，帶給讀者野趣天成的新奇想象。

人語隨鄉變，官船帶月行

描述完青山、溪水、野花、山鳥，作者的視角開始轉到景中人的身上。一路上，鄉人的語音隨著地域的變化而逐漸變化。作者身爲一個北方人，對於南方方言本來就感到陌生和新奇，而福建、江西、浙江這一大片地區，有數十種不同的方言口音，有些地方甚至每村每莊都有不一樣的方言。這句“人語隨鄉變”可以說很貼切地寫出了本地風情。天色漸晚，月亮升上天空，作者乘坐的官船在月色中沿江而行。“帶月行”這種說法也别開生面：船隻緩緩前行，總是看到月亮高懸在頭頂上的夜空中，或者倒映在前面的江面上。作爲現代人，我們知道這是因爲月亮其實離人間非常遥遠，船隻的移動不足以使人感受到與月亮之間距離的變化。而在薩都剌筆下，月亮卻像别有情懷，雖然不能像山鳥一樣啾啾鳴叫，卻默默地、不即不離地隨著官船前行。這又是擬人化的手法和帶著誇張的想象。在這幽美夜景的感染下，人們也許更願意相信，野花、山鳥、月亮都跟人一樣有情。

江南數千里，無處不關情

在江南數以千里的廣闊地域上，千山萬水，種種景物，沒有一處不是清新美麗，引人入勝，讓人發自內心地去喜愛。在這首詩中，從大雨寫到天晴，從山峰寫到山澗，又從野花寫到山鳥，從鄉人寫到詩人自己，再從晴天寫到月夜，既有景物的細緻描寫，又有因爲氣候變化産生的不同景色，還有人的因素，把這些一一地點數一遍之後，作者水到渠成地表明自己的感受，“無處不關情”，無論是人是景還是物，都是他心目中所惦記、喜愛的。雖然江南不是他的故鄉，他也曾爲年輕時流落江南經商而感歎憂傷過，但是此時他遊歷山水，面對自然美景，及時地捕捉到這些普通事物中蘊藏的詩情畫意，激發了他熱愛山水、賞玩不盡的愉悅心情。

## 評解

《玉山道中》是一首紀景詩，也可以說是山水詩。它先寫景，由景引出詩人之情，情寓於景，景帶出情，透過詩中所描摹的畫面，讀者可以領悟到詩人的心志，同時不由自主地受到作者的感染。薩都剌寫山水風景的詩歌擅長白描，他所選取的景物都具有典型性，寫景自然而不做作，充滿野趣。這首詩被前人拿來與唐代王維等人的寫景詩相比較。薩都剌在詩中使用一氣連貫的景物排比，雨後山峰、溪流、野花、山鳥、人語、月色等等，節奏明快，意境清新，想象豐富，詞句洗煉生動，通過前面的大段鋪陳，最後兩句水到渠成地揭出詩的主題，即作者對江南山水的熱愛之情。詩中花鳥活潑，人語歡笑，月亮含情，一片生機勃勃，連貫生動、有聲有色的描繪，融情於景，流露出作者對江南山河由衷的讚美、嚮往和熱愛。

# 越臺懷古

越王故國四圍山，
雲氣猶屯虎豹關。
銅獸暗隨秋露泣，
海鴉多背夕陽還。
一時人物風塵外，
千古英雄草莽間。
日暮鷓鴣啼更急，
荒臺叢竹雨斑斑。

## 題解

本詩一名《臺山懷古》，作於至元二年（1336）前後，當時薩都剌在福建任閩海廉訪司知事。“越臺”，在福建閩侯縣東北的冶山上，當年閩越王無諸在冶山前建都，所以世人也稱冶山爲越王山。薩都剌登臨越王山，看到山水形勝，以及帝王廢都，懷古幽思油然而生。

越臺懷古 詩意圖　張純桂 繪

## 【句解】

越王故國四圍山，雲氣猶屯虎豹關

這裏是越王曾經建立的國都，它正處在四面山脈的環抱之中。那蒸騰的雲氣仍然像當年一樣，籠罩著如虎豹般雄踞一方的都城關隘。“虎豹關”，泛指雄關。這兩句寫出了越王山的地理特徵，這裏曾經被認爲是建都的風水寶地，曾經有雄偉的軍事關隘，如今山勢仍然雄偉，雲蒸霞蔚，依舊有舊時的都城氣象。這段歷史使眼前的自然景色更增添了幾分凝重和滄桑。

銅獸暗隨秋露泣，海鴉多背夕陽還

舊都城遺留下來的銅獸被埋沒在荒草裏，衹能暗暗地隨著秋天的寒露而飲泣；天色已晚，一群烏鴉正逆著夕陽從海邊飛回自己的巢居。“銅獸”，一般認爲指銅駝，用晉代索靖“銅駝荆棘”的典故。索靖當時被封爲關內侯，但他有先見之明，認爲天下將要大亂了，所以指著洛陽宮城前面的銅駝說，以後再見到你，就是在荆棘亂草中了。“銅駝荆棘”常用來形容、感傷亡國之後殘破的景象。薩都剌在另一首懷古詩《登歌風臺》中說“咸陽宮闕親眼見，今日荆棘埋銅駝”，也用了這個典故。銅獸是王族宮殿纔能使用的裝飾，而這原來高階層地位的象徵，現在傾頹在荒山野草間，令人頓起“黍離”之思。銅獸暗泣是擬人化的表現手法，其實銅獸哪有什麼悲喜之情？真正爲朝代更替、萬物滄桑而心生感慨的，分明是詩人自己。“海鴉”一句，化用唐溫庭筠的“蝶翎朝粉盡，鴉背夕陽多”（《春日野行》），但在意境上，比溫詩更爲蒼涼大氣。

一時人物風塵外，千古英雄草莽間

曾名盛一時的大人物，現在淪落於茫茫風塵之外；自古以來那些叱咤風雲的英雄們，也隱藏在草莽之間。“草莽”有兩重含義，一是其本意，指荒野亂草；一是與朝廷相對的稱謂，即民間。理解成哪一種都可以，都是指英雄人物已經沒落。風塵和草莽，既是暮色裏詩人所看到的越王山的實景，又暗喻越王等“一時人物”最終走向末路，化爲一縷烟塵、一抔黄土，或者是一蓬亂草。不論是“一時”，還是“千古”，終究都是過眼雲烟。這種世事滄桑的悲凉氣氛在越臺景色的烘托下表達得淋漓盡致。

日暮鷓鴣啼更急，荒臺叢竹雨斑斑

天色晚了，山裏的鷓鴣叫得更加急促；在荒凉的越王臺上，一叢叢的斑竹上都是斑斑點點的雨水痕跡。鷓鴣的啼叫聲被認爲類似於“行不得也哥哥”，經常被用來暗示旅人的愁思，也被用來表達抱負得不到施展的鬱鬱之情，如“江晚正愁予，山深聞鷓鴣”（辛棄疾《菩薩蠻》）。此時鷓鴣的啼聲，也折射出薩都剌壯志難酬的愁悶心情。“斑竹”，據說上古時舜南巡死於蒼梧，他的兩個妃子娥皇、女英爲之慟哭，淚下沾竹，竹子上的斑紋都變成了淚痕的形狀，所以叫斑竹，又叫淚竹、湘妃竹。最後一句化用這個典故，使人不由得開始想象，叢竹上到底是斑斑雨痕，還是斑斑淚痕？鷓鴣聲聲啼叫，荒臺斑斑淚竹，這種景象深沉凄涼，讓人油然而生濃郁的滄桑之感，並且沉緬其中，難以自拔。

## 評解

薩都剌一生走南闖北，創作了大量懷古題材的詩詞，爲後人所關注。清人李佳《左庵詞話》稱：“雁門諸作，多感慨蒼莽之音，是詠古正格。”《越臺懷古》是薩都剌寫景兼懷古詩作中較著名的一首。這首緬懷閩越王的詩歌，在遣詞造句上既體現了薩都剌詩歌一貫的清麗風格，同時也體現出“磊落激昂”（明毛晉《雁門集》跋）、豪放奇崛的一面。題爲“懷古”，而首聯、頷聯和尾聯都在寫景，看起來衹有頸聯發出了對“一時人物”“千古英雄”的感慨；但是從一開始所寫閩越王故國的山川王氣，到最後所述荒臺斑竹，種種景物，無一不緊扣“懷古”。字面沒有明寫，而實際上，無論是雄關、銅獸、荒臺、草莽，還是秋露、暮鴉、鷓鴣、斑竹，都在感歎著歷史的滄桑、世事的變化、現實的迷茫，由眼前之景引發無盡的撫今追昔之意。

## 過高郵射陽湖雜詠（其一）

飄蕭樹梢風，
淅瀝湖上雨。
不見打魚人，
菰蒲雁相語。

### 題解

這首詩大致作於至元四年（1338）左右。薩都剌在閩三年，任滿遷河北廉訪經歷。他離開福建後，曾繞道前往江西，探望在那裏任建昌路總管的弟弟薩天與，然後纔北上赴任。此詩大約作於這一段旅程之中，這一題目原詩共九首，這裏選的是第一首。題中的"高郵射陽湖"具體在哪里，後人頗有爭議：有人認爲江蘇高郵境内沒有射陽湖，衹有平阿湖，應當是薩都剌記錄錯誤；也有人認爲高郵指高郵縣境内的高郵湖，射陽指淮安縣境内的射陽湖，詩題的本意應該是路過高郵湖及射陽湖兩個湖泊。這些說法都可以參考。這組詩的魅力主要在於作者用自然拙樸的詩筆，近於白描的寥寥數字，即描繪出一幅幅江南烟雨中充滿靈氣的景色，造成類似中國水墨畫中"留白"的效果，耐人尋味。

過高郵射陽湖雜詠（其一） 詩意圖 杜淵 繪

## 【句解】

飄蕭樹梢風，淅瀝湖上雨

從這組詩中的其他詩歌來看，這裹描寫的應該是秋天湖上的景色。這兩句，一句寫秋風，一句寫秋雨。“飄蕭”，可以按字面理解，形容落葉飄飄墜落，令人聯想到“無邊落木蕭蕭下”的情景；也可以是象聲詞，描摹秋風吹過樹梢，樹枝相互碰撞或是落葉脫離枝幹的聲音。從湖邊樹木的枝頭上吹拂的秋風，輕輕巧巧，翩然而過，不似夏日暴風那樣狂放、急驟，這第一句就奠定了全詩清淡的基調。與“飄蕭”相對的，是“淅瀝”的雨聲，秋雨淅淅瀝瀝，飄飄揚揚的雨霧朦朦朧朧，若有若無，淡得動人，進一步渲染湖風水色的清新出塵、脫俗不凡。詩中有畫意，這十個字點染出了一個自然天成、閑適恬淡的世界，形成了一個情致盎然的背景。讀者心中難免會產生一個疑問：誰纔是這個清新世界的主角呢？

不見打魚人，菰蒲雁相語

在這輕風細雨的湖面上，看不到打魚人的身影。至此，這首淡淡的即景小詩發生一個小小的轉折，爲什麼沒有打魚人呢？也許是因爲已經過了打魚的最好的季節，也許是因爲這場秋雨，漁夫都靠岸休息了。湖面上衹有白菰、蒲草在秋風秋雨中搖曳自在，和南飛的秋雁遥相問候。白菰、蒲草都是生長在湖邊淺水處的植物，鴻雁一到秋季，即從北方往南方遷徙。水草與鴻雁“相語”，作者以一種擬人的手法告訴人們，這些自然的生物，也有自己的語言和生活的天地。這就像畫龍點睛，前面提到的秋風、秋雨、落葉，在一瞬間似乎忽然都擁有了自己的靈魂。讀到這裹，我們理解了這幅畫面中爲什麼不能有打魚人，假如此時忽然有漁人呼喊、收網的喧鬧，就不會有鴻雁與水草的喁喁低語、相應相和了。在這個秋風翩然吹拂、秋雨如霧絲飄灑的湖面上，搖曳的水草、悠閑的鴻雁，纔是真正的主角。

## 評解

這首即景小詩，總共四句二十字，以秋風、秋雨爲背景，描摹湖面上落葉蕭蕭、水草輕搖、鴻雁低鳴的自然景象，用語簡潔，質樸清新，像一幅筆精墨簡的山水畫，一筆不多，一筆不少，恰如其分地烘托出湖上的秋日小景，既讓人感覺到自然界蓬勃的生機，又表達了作者遠離塵囂的閑淡情致，二者水乳交融，共同營造出和諧的意境。

## 芙蓉曲

秋江渺渺芙蓉芳，
秋江女兒將斷腸。
絳袍春淺護雲暖，
翠袖日暮迎風涼。
鯉魚風起江波白，
霜落洞庭飛木葉。
蕩舟何處採蓮花，
愛惜芙蓉好顏色。

### 題解

此詩有的版本題目下有“兼善狀元御史”之語，因此被認爲與《黄河夜送西臺御史張子壽》《湖南張子壽欽點第一人彈劾權貴左遷西臺御史，旋拜前職，素有退志，故舉兼善勸之》這兩首詩是同一主題，都是送給張子壽的詩作。薩龍光將這首詩定爲元順帝至元四年（1338）所作。兼善，即泰不華，字兼善，十八歲中右榜狀元，曾任江南行臺監察御史、中臺御史，以敢於直諫聞名於朝。薩都剌寫詩勉勵任西臺御史的張子壽，希望他能像泰不花一樣，在政治上有所作爲。

芙蓉曲 詩意圖　王夢湖 繪

有人將《芙蓉曲》解釋爲婉言進諫的政治隱喻詩，也有人認爲此詩暗含感傷身世、知音未遇等意義。對於現代的讀者來說，衹將這首詩視爲一首麗情樂府，分析和領略它的意境和藝術風格，也無不可。“芙蓉”即荷花、水蓮，自古以來，尤其是南北朝樂府裏，有諸多作品描寫江南採蓮這一風俗，以及由此而衍發的採蓮人的各種情思。薩都剌這首《芙蓉曲》繼承前人樂府詩之風，以芙蓉起興，描寫水鄉女子觸景生情，哀傷青春易逝。

## 【句解】

秋江渺渺芙蓉芳，秋江女兒將斷腸

秋日的江上烟波浩渺，芙蓉正在水面上盛放；江上蕩舟的女子看著這芙蓉花，心裏湧起濃濃的愁思，幾乎肝腸寸斷。江上芙蓉盛開的美景，與女子的斷腸愁思相對舉，兩相映襯，讓人産生疑問：花正嬌豔，人正芳齡，愁從何來?

絳袍春淺護雲暖，翠袖日暮迎風凉

這兩句沒有直接解答前面産生的疑問，轉而描寫秋江女兒的生活：溫暖的春日裏，她穿著一襲紅衣，看護著滿江的荷葉；秋日暮色裏，她的翠色長袖和荷葉一起迎著凉風翻飛飄揚。“絳袍”和“翠袖”都是秋江女兒的穿著，這兩種顔色又分别是芙蓉花和葉的顔色，暗示著人與花的關聯，人如花，花似人。“春淺”“日暮”相對，意爲秋江女兒與芙蓉從春到秋、從晨至暮始終相依相伴。“翠袖日暮迎風凉”，很容易讓人聯想到杜甫《佳人》詩的最末兩句“天寒翠袖薄，日暮倚修竹”。《佳人》描寫的是一位居住在空谷中躲避戰亂的女子，親人已死，夫婿又拋棄她娶了新人。“但見新人笑，哪聞舊人哭”，是舊時女子最凄慘的愛情悲劇。這就隱隱透露出秋江女兒愁思的根源了。

鯉魚風起江波白，霜落洞庭飛木葉

秋風吹過，江上翻起細細的白浪，正是鯉魚肥美的時候；寒霜降落，洞庭湖上又有陣陣的落葉飄飛。從屈原“嫋嫋兮秋風，洞庭波兮木葉下”（《九歌・湘君》）開始，洞庭秋葉蕭蕭飄墜成爲寒秋初至的鮮明標誌。薩都剌化用這一典故，點出江上季節的變化。樹木凋零，令人觸景生情：木已如此，那比樹木還嬌嫩的蓮花將如何抵擋季節的摧殘?

蕩舟何處採蓮花，愛惜芙蓉好顏色

秋江女兒面對滿江盛開的蓮花，因爲愛惜這嬌豔的花朵，不忍心劃槳蕩舟，唯恐碰傷了芬芳美麗的鮮花，更不願意採折。這一片愛花惜花之心。也回答了詩的開篇提出的懸念：爲何秋江女兒對著正盛開的芙蓉“將斷腸”呢？原來是因爲看到芙蓉盛放，正是最美的時候，但秋季也已來臨，花朵馬上就要凋落；嬌豔衹是短暫的，美麗並不能持久，這就是愛惜芙蓉的秋江女兒的哀歎。芙蓉尚有秋江女兒來愛護，秋江女兒又有誰來憐惜？由花及人，秋江女兒對著滿江雲霞般的芙蓉，自然愁思無限。整首詩情感的展示非常細膩曲折。

## 評解

《芙蓉曲》是薩都剌樂府詩的代表作。與薩都剌交情頗好的元代詩人楊維楨曾這樣評價好友：“天錫詩風流俊爽，修本朝家範。宮詞及《芙蓉曲》，雖王建、張籍無以過矣。”把這首《芙蓉曲》的成就與王建、張籍等人的詩歌相提並論，是一個很高的評價。

《芙蓉曲》風格清麗婉轉，以芙蓉起興，曲折反復地表達了秋江女兒的心曲，她面對盛放的芙蓉以及蕭蕭落木，觸景生情，產生了花木凋零、紅顏易老、青春美麗無法永駐的愁思。在這裏，花即是人，人亦是花，秋江女兒與秋江芙蓉兩種意象是重疊在一起的。在女子發出的對花的哀歎和惋惜中，揭示了最盛之時即是衰敗之始的道理。這首詩風格綺麗，但不俗豔；善於化用前人的詩句意境，但不生硬，具有較高的藝術技巧和藝術感染力。作者用清麗的文筆，捕捉少女若有若無的心思：由傷花之凋零，到哀傷自己青春的易逝；由沒有惜花之人，到自己沒有知己的自憐自惜。似哀怨，又似期待，餘韻悠然，耐人尋味。

## 初夏淮安道中

魚蝦潑潑初出網，
梅杏青青已著枝。
滿樹嫩晴春雨歇，
行人四月過淮時。

### 題解

詩題一作《題淮安壁》，或作《題淮安壁間》。元順帝至正三年（1343），薩都剌任江浙行中書省郎中，是年四月赴杭州上任，途中經過江蘇淮安，寫了這首詩。這首詩著力描寫江南四月初夏的景色，語句清新，讀之可喜。

初夏淮安道中 詩意圖　王夢湖 繪

## 【句解】

魚蝦潑潑初出網，梅杏青青已著枝

這兩句對仗工整，描寫淮安初夏的景象：打魚人正在水面上收起魚網，網裏的魚蝦潑喇喇地活蹦亂跳；梅杏枝頭花已謝去，結出纍纍的青澀果實。“潑潑”，象聲詞，形容魚蝦被撈出水面時極力蹦跳的聲音，這兩個疊字讓人感受到漁民滿載收穫的喜悅。梅杏是江南特有的一種梅子，沒有成熟時是青色的，極爲酸澀。此時梅杏枝頭剛長滿青青的小果實，仿佛少女初長成時的青澀和明媚，蘊含著淡淡的矜持和欣喜。從物候上看，這也點出題目中的“初夏”。與第一句相比，第二句是靜態的描寫，一動一靜，動者更顯活潑熱鬧，靜者更顯恬靜秀美。“潑潑”與“青青”兩組疊字的對應，有“聲”又有“色”，明快鮮豔，情致盎然。兩句詩都沒有提到山水，然而青山綠水的氣息已躍然紙上。

滿樹嫩晴春雨歇，行人四月過淮時

樹上長滿了嫩綠的新葉子，生機勃勃，一場春雨剛剛停歇，夏天就要來到了；這時候正是四月天，像我這樣的行人從淮安經過，便看到了以上所述的江南美景。“春雨歇”，江南春天多雨，這裏既實指一場春雨剛剛結束，樹木得到春雨的滋潤，滿樹新綠，青翠欲滴；同時又暗示春雨已過，夏天馬上就到了，這正是春夏之交的時候。“滿樹嫩晴春雨歇”一句，又作“幾樹棠花初著雨”，與第二句遣詞造句雷同，意境也不如“滿樹嫩晴”一句，一般不採用。最後一句表面上衹是敘述自己途經淮安的事實，實際上在前三句的鋪墊下，表露了詩人無限欣喜的心情：在這樣美好的初夏時分，行走於江南水鄉，是何等愜意！而江南明豔秀麗的四月天裏，有詩人這樣懂得欣賞美好事物的行人翩然而過，整個畫面顯得更爲完美。

## 評解

這首詩不用典，不逞才學，每一句都看似字句淺顯，卻又大巧若拙，讀來令人耳目一新。鄉人打魚、梅杏花謝著果、嫩葉初蔭、春雨方歇，都是南方初夏的典型景致，自有一番田園風光的恬靜宜人氣息。薩都剌的描寫用詞別致，通過魚蝦出網、梅杏青青、滿樹嫩晴等幾個細節，突出了“初夏”的蓬勃生機，同時又表達了自己看到這一景象時心情愉悅、怡然自得的感受。這首詩看似平淡無奇，卻又清新自然，饒有風味，後人認爲“天錫詩有清氣”（清顧奎光《元詩選・序論》），是很有道理的。

## 過廣陵驛

秋風江上芙蓉老，
階下數株黄菊鮮。
落葉正飛揚子渡，
行人又上廣陵船。
寒砧萬户月如水，
老雁一聲霜滿天。
自笑棲遲淮海客，
十年心事一燈前。

**題解**

此詩作於元順帝至正六年（1346），薩都剌在建康任江南諸道行臺侍御史。“廣陵”，即今江蘇揚州。薩都剌之前曾多次在江南任職，元統二年（1334）從建康北上任燕南憲司照磨，路過揚州，曾作《同御史王伯循，時除廣東僉事濟揚子江，余除燕南照磨詩》：“落葉正飛揚子渡，行人又上廣陵船。過江載得秋多少，老雁一聲霜滿天。”同時還作有《題揚州驛》：“銀燭高燒照不眠，呼兒飲馬啜清泉。寒砧萬户月如水，老雁一聲霜滿

過廣陵驛 詩意圖　于守義 繪

天。”十幾年後，他再次經過揚州，於是借用上述兩首詩的詩句，寫成這首《過廣陵驛》。同樣的景物，由於年齡、閱歷、心境的不同，會帶來不同的心靈感受；《過廣陵驛》雖然有幾句與前作相同，但所表達的意境更爲蒼凉奇崛，發人深思。

## 【句解】

秋風江上芙蓉老，階下數株黄菊鮮

秋風吹過，江面上曾經嬌豔的芙蓉已經殘敗；臺階下種植的幾株黄菊正鮮豔地開放。前人詩句及樂府民歌中，芙蓉多爲明豔照人的形象，作者此前也作有《芙蓉曲》，表達對秋江芙蓉愛惜之情。這裏的芙蓉卻是已經開敗的形象，一個“老”字，既慨歎花之衰落，又自傷衰老。薩都剌此時已屆晚年，生出這樣的感慨是自然的。菊花歷來被認爲是有高風亮節的君子之花，與芙蓉相比，更能經受寒霜的侵襲。芙蓉開敗，而黄菊正鮮，兩相映襯，使人印象深刻，既點明季節的變換，又隱喻作者自己人生階段性的變化。

落葉正飛揚子渡，行人又上廣陵船

這兩句是借用了詩人自己的舊句，意爲：秋天的落葉飄飄揚揚，灑在揚子江的渡口上；出行的人們，又紛紛踏上泊在廣陵驛的渡船。這個場景，是留存在記憶中十幾年前的景色，落葉、渡口，三三兩兩的行人，這是熟悉、親切而又遥遠的回憶；眼前所見，仍然是秋景，仍然是出行的人，然而詩人年華已逝，心態已變化。明說廣陵渡口十幾年來未變的場景，暗含著物是人非的感慨。落葉蕭蕭，行人將行，渡口送别，本身就是又清冷、又令人難以忘懷的景象。這裏的行人，也就是詩人自己，又一次踏上了旅程。

寒砧萬户月如水，老雁一聲霜滿天

這兩句也是借用舊句，轉而描寫聽覺。“砧”，擣衣石，古時製作衣服，要先把布帛放在砧上用杵擣軟，即所謂“擣衣”。秋天正是趕製冬衣的時候，“寒砧”指秋天擣衣的聲音，李白曾有“長安一片月，萬户擣衣聲”（《子夜吳歌》）的名句，薩都剌化用李白詩的意境：月色如水般明朗，婦女們趁著月光努力勞作，於是就聽到千家萬户或遠或近、此起彼伏的擣衣聲。對於舊時的婦女，一件衣服代表了很多意義，是對家人的溫暖照顧，更是對遠方親人的牽挂。出門在外的遊子，收到家人千里迢迢寄來的寒衣，這衣服就是家書的象徵；對於駐守邊塞的士兵來說更是如此。所以纔有“拂杵調砧更斷腸”這樣的詩句。秋天來臨的時候，聽到婦人的擣衣聲，旅人的心裏充滿思鄉的感慨。對同樣分處兩地的人們寄予深切同情。這是擣衣聲引發的情感，而在靜夜裏聽到的擣衣聲，更加清晰，更加使人心生共鳴。聽到一聲秋雁蒼老的鳴叫，擡頭望去，衹見寒霜滿天，冷冷清清。一聲雁鳴，和萬户擣衣聲相對比，更顯出雁鳴的孤獨與凄厲。前面描摹芙蓉、黄菊，由視覺、色彩入手，這兩句則從聲音入手，由靜而動，情致更加悠遠。

自笑棲遲淮海客，十年心事一燈前

有了前面景物描寫的鋪墊，作者開始抒發自己的感受：可笑我自己是一個在江南滯留的客人，十多年來的心事，也衹有這一盞明燈知曉而已。這“十年心事”是什麼呢？他十幾年前路過廣陵驛時，曾寫道：“銀燭高燒照不眠，呼兒飲馬啜清泉。”當時滿懷豪情，徹夜難眠，想在政治上一展抱負；沒想到十餘年後故地重遊，還是沒有遇到伯樂和知音，理想仍然衹是理想而已，並沒有實現的機會。十年心事，飽含著多少甘苦，作者沒有明說，衹是提到一盞如豆的燈火。虛描一筆，卻最爲神妙。景色如記憶中一般寧靜美麗，燈火如記憶中一般明亮溫暖，自己這位“淮海客”，竟然也如十餘年前一樣無所作爲，這纔是作者想表達的最沉痛的遺憾吧。這最後兩句帶著自我解嘲的意味，也是對自己的寬慰；惆悵而又無可奈何的心情由一盞秋燈折射出來，令人忍不住爲之扼腕歎息。

有人認爲這“十年心事”另有所指，指的是薩都剌在《題劉渙中司空隱居圖》一詩中所寫的“自笑天涯倦遊客，十年未有一廛居”，時間大約爲至元五年（1339）前後。《題劉渙中司空隱居圖》是首題畫詩，詩中薩都剌表現出對畫中隱居生活的羡慕和嚮往，但是因爲家境貧寒，以至於想到深山裏置田產、購草房都無法做到，他非常無奈。《過廣陵驛》中又提到“十年心事”，表達了他內心的隱痛：嚮往隱居，想擺脱現在天涯飄零、宦海沉浮而沒有自由的生活，但是十年過去了，這理想仍然難以實現，衹好徒然哀歎。這樣的解釋比上一種消極，但也不無道理。

## 評解

這首詩是薩都剌晚年之作。它採用了比較特殊的寫法，詩人從自己以前經過廣陵驛時所寫的兩首舊作中摘出四句，組成本詩的中間兩聯，不僅嚴絲合縫，前後連貫，變成了一首新詩，而且還表達了十餘年來風景不殊的含義。這首詩前六句都在描摹景色，最後兩句則引出內心的感慨，看似自我解嘲，其實非常沉痛，表現了作者經過宦海沉浮後的暮年心情。此詩寫景時用詞穠麗清新，意境雋永，抒情時又深沉悠長，耐人尋味，確實是一首成功之作。

# 百字令

登石頭城

石頭城上，望天低吳楚，眼空無物。
指點六朝形勝地，唯有青山如壁。
蔽日旌旗，連雲檣櫓，白骨紛如雪。
一江南北，消磨多少豪傑。

寂寞避暑離宫，東風輦路，芳草年年發。
落日無人松徑裏，鬼火高低明滅。
歌舞尊前，繁華鏡裏，暗换青青髮。
傷心千古，秦淮一片明月。

## 題解

《百字令》，即詞牌《念奴嬌》的别名，雙調一百字，故又稱《百字令》。這首詞作者自稱“次東坡韻”，即步蘇軾《念奴嬌·赤壁懷古》一詞的舊韻重填新詞。後人認爲薩都剌是元人學習蘇軾詞風的代表人物，當時有“蘇學北行”的説法。從這首詞中，可以看出薩都剌對蘇軾風格的模仿與繼

百字令（石頭城上）詞意圖　吕士榮 繪

承。這首詞的寫作時間難以確定，一般認爲是薩都剌晚年的作品。“石頭城”，就是六朝古都金陵城，故址在今江蘇南京清涼山上。此詞描述作者登臨石頭城的所見所聞，表達歷史的滄桑感，意境清曠豪邁，想象力豐富，是薩都剌懷古詩詞中的傑作。

## 【句解】

石頭城上，望天低吳楚，眼空無物

登高遠眺，一覽衆山小，本來就容易使人發出人生的感慨，更何况是站在石頭城上。作者登上石頭城，遠遠眺望，衹見天幕低垂，籠罩著吳楚大地。“吳楚”，春秋戰國時吳、楚兩國之地。地域的歷史，讓人聯想到滄海桑田的變化。“眼空無物”，即衹見一片空曠的景色，突出了由高處俯視大地所産生的蒼涼感覺。這種“空”，不僅是自然景色的空曠，同時也是回顧歷史的感受。金陵歷經朝代更替，曾經的風流繁華，最終也被雨打風吹去，消退成現在的空空如也。這怎能不讓人觸景生情，忍不住要抒發懷古幽思呢？作者所處的時代，元朝統治已到了末期，政治飄摇，他帶著政治理想的失落，站在高處，四望茫茫，前不見古人，後不見來者。“空”，也是他蒼涼心境的反映。

指點六朝形勝地，唯有青山如壁

站在石頭城的高處，遠望金陵的名勝古跡，衹剩青山依舊如峭壁一般挺立。這裏感慨“形勝”的速朽，火樹銀花的繁華，刀光劍影的爭戰，興興亡亡，末了也衹有青山依舊在，那些人爲的功業勝蹟，終歸衹落得個“空”字。作者把六朝形勝歸爲“空”，以青山爲“實”，産生一種虛實對比的強烈效果。

蔽日旌旗，連雲檣櫓，白骨紛如雪

這一句轉入對古戰場的想象，應該是受蘇軾詞的啓發：當年群雄爭戰，雙方的戰旗遮天蔽日，戰船多得像天上的雲彩，戰事過後，衹落得遍地白骨如雪，情景至爲慘烈。這裏連用“日”“雲”“雪”三種自然現象來比擬戰爭，先是旌旗招展蔽日的熱烈感覺，繼而是大軍如黑雲壓境的緊迫感，最終是白骨遍野、一片死寂的白茫茫結局，這就是戰爭。看似信手拈來的用詞，其實煞費苦心，貼切而又令人感受深刻。

一江南北，消磨多少豪傑

從首句登高浩歎寫到這裏，作者終於發出早已鬱結於心的感歎。這又可以與蘇軾詞相比較，蘇詞上闋最後浩歎“江山如畫，一時多少豪傑”，表現了蘇軾渴望濟世安邦、成爲豪傑的心境。而薩都剌看到的則是歷朝歷代以來，英雄豪傑就算叱咤風雲，最後仍然難免歸於“空”。英雄豪傑的理想何在？英雄豪傑的事業何在？都已隨著江水東流而去。與蘇詞相比，蘇詞仍然有更多的豪氣，而薩都剌則已經有點勘破紅塵式的自嘲了，心情也更爲平靜。

寂寞避暑離宮，東風輦路，芳草年年發

下闋轉入對六朝繁華所遺殘景的細緻描寫。“離宮”是舊時皇帝臨時居住的宮室，也是帝王前往避暑休憩的地方。此時作者所見到的離宮，已經沒有歌舞之聲，衹剩一片靜寂。“輦路”，帝王御駕所經的道路。當年皇帝的車駕浩浩蕩蕩地行進在輦路上，那盛大熱鬧的場面，現在已經看不到了，輦路也已經廢棄，衹有野草仍然每年都茂盛地成長。這是一組強烈的對比，撫今追昔，又是一些似曾相識的興亡故事。

落日無人松徑裏，鬼火高低明滅

在“空”“寂寞”之後，即是死亡帶來的虛無了。日落之後，沒有人經過的松林小徑陰暗森冷，有閃爍的磷火飄飄蕩蕩，高高低低。松林一般種植在墓地周圍，這裏暗示附近有一片墳地，因而會有磷火高低明滅。這一幕渲染得非常凄涼低沉，縱是帝王英雄也不能逃脫生死之劫，最後化爲一抔黃土。這種情境，讓人爲之哀惋傷神。

歌舞尊前，繁華鏡裏，暗換青青髮

這又是一個想象的場景：在宴席上歡歌笑舞的歌女們，其鏡中的美貌也終究抵擋不住時光流逝，紅顏終於也會變成白髮蒼蒼。言下之意，青春總會逝去，光陰虛度，自己現在也已經是白髮老叟了。從面對遺址抒發懷古之幽思，進一步演變成感傷自己的人生。蘇軾說“多情應笑我，早生華髮”，亦是感歎年華已逝，壯懷未酬。“多情應笑我”一句，更有自嘲和感慨之意。薩都剌則表達了另外一層意思，即人人都會年華老去，無論紅顏還是白髮，誰也不必嘲笑和自嘲。

傷心千古，秦淮一片明月

千古以來傷懷之事，紛紛紜紜，也衹有秦淮河上的一片明月清輝，在經歷了燈紅酒綠的繁華之後，依然如故。這正是“人生代代無窮已，江月年年祇相似”之意。登高眺望，蒼茫大地，亭臺樓榭變成野草離離，英雄化作磷火，人生祇如螻蟻，無法抗拒命運的車輪，更令人痛苦的是理想難以實現，“無人會，登臨意”，這纔是千古以來最可傷心的事情吧。詞的最後，再次點出登高懷古和人生無常的主題。

## 評解

薩都剌詞保存至今的有十幾首，這首是其中的代表作。上闋指明登高遠望的背景，從所見景色入手，描繪出俯視金陵古城及吳楚舊地的闊大景象，同時引出對古戰場激戰的想象，奠定全詞蒼涼的基調。下闋推衍開去，轉而描述繁盛過後金陵的衰敗景象，憑古弔今，發出對興亡勝敗及人生無常的慨歎。此詞描述登臨石頭城的所見所聞所感，氣勢如虹，意象蒼涼，追古撫今，遐想綿綿。通篇在歷史與現實之間自然過渡轉换，意境清曠、宏大而不失細膩，想象力豐富。

此詞繼蘇詞而作，後人多將它與蘇軾的名作進行對比。從技巧來看，薩都剌之作在通篇的轉合、張力上略有不及；就意境而言，歷來詞論家多認爲薩作過於消極，沒有蘇詞的豪放大氣。實際上，薩詞另有一種在平靜中對歷史規律無可奈何地認同的姿態，同時也是對英雄悲劇命運的哀悼。全篇蒼凉悲情，與蘇詞的意境遥相呼應。後人曾說“天錫詞不多作，而長調有蘇辛遺響”，認爲薩都剌之詞深得蘇軾的遺風遺韻。這首《百字令》完全當得起這個評價。

# 滿江紅

金陵懷古

六代豪華，春去也，更無消息。
空悵望，山川形勝，已非疇昔。
王謝堂前雙燕子，烏衣巷口曾相識。
聽夜深寂寞打孤城，春潮急。

思往事，愁如織。
懷故國，空陳蹟。
但荒烟衰草，亂鴉斜日。
玉樹歌殘秋露冷，胭脂井壞寒螿泣。
到如今祇有蔣山青，秦淮碧。

## 題解

這是薩都剌遊歷金陵時所寫的作品，是一首膾炙人口的寫景懷古之作，通過對金陵古跡的題詠，回顧六朝歷史，抒發自己對朝代興衰的感慨。薩都

滿江紅（六代豪華） 詞意圖　張純桂 繪

剌在入仕之前曾在江南一帶經商，登進士第後，又曾任江南諸道行御史臺掾史、江南諸道行臺侍御史等職，住在金陵。這首詞的具體創作時間已不可考。從其感情的抒發來看，充滿蒼涼悲壯之氣，胸襟磊落，應該是晚年作品。此時元王朝統治進入末期，薩都剌在宦海中沉浮越久，越看清社會的現實，早年想建功立業的政治理想已經在胸中冷卻下來。他弔古傷今，把眼前之景與歷史故事聯繫起來。整首詞化用劉禹錫《金陵五題》的詩意和典故，貼切自然。此詞懷古撫今，慷慨悲歌，意境深沉含蓄，氣魄蒼涼宏大，頗爲後人所推崇。

## 【句解】

六代豪華，春去也，更無消息

“六代豪華”一句，點出“金陵懷古”的主題。六朝皆建都於金陵，而六朝君主也大都貪圖享樂，在城內大興土木。這句裏的“豪華”主要指六朝的豪華奢侈，偏重於“室宇侈麗”之意。六朝歷代君主營建起來的金陵城美輪美奐、金碧輝煌的盛景，隨著春天的逝去，竟然變成了無聲無息的歷史。“春去也”，既點出季節更替的實景，又暗喻朝代的變更；“更無消息”則是一聲深沉的感歎。傷春本來就是古代詩詞作品中常見的情緒，此處更傳達出對於六朝鼎盛時期如流水般一去不回的惆悵之意。短短的三句，表達了一波三折的變化，先是繁華，其次是逝去，最後是永遠也不會重現，暗中對應時間上的過去、現在與未來三種情形。

空悵望，山川形勝，已非疇昔

登臨遊覽這金陵古城的山水，衹見那些歷代積累下來的名勝古跡，已經全無傳說中的繁華氣象，面對此情此景，作者不由得產生了惆悵莫名的心情。他見景生情，眼裏看著金陵古都的山光水色，內心湧起各種情感，不由得拿傳說中的繁華與現實的凋零來互相比較，因此而感慨萬千。

王謝堂前雙燕子，烏衣巷口曾相識

對於這一片不復舊貌的江山，作者化用前人的詩句來表達自己的感受。“王謝堂前雙燕子，烏衣巷口曾相識”，化用唐劉禹錫《烏衣巷》詩：“朱雀橋邊野草花，烏衣巷口夕陽斜。舊時王謝堂前燕，飛入尋常百姓家。”東晉時期王導、謝安兩大家族居於烏衣巷，位於秦淮河朱雀橋邊。王、謝二家聲勢頗盛，因當時實行門閥士族制度，與王、謝子孫往來的亦衹限於門閥士族，因此有“烏衣之遊”“烏衣門第”之稱。隨著南朝的滅亡，王謝舊宅淪爲廢墟，其家族高高在上的地位當然也就不復存在了。所謂“舊時王謝堂前燕，飛入尋常百姓家”，比喻過去居於深宅大院的王謝子弟，現在已淪爲普通百姓；也可以理解爲舊時王、謝的庭院，已經住進了普通百姓，衹有簷下的燕子，仍然是當年穿梭於豪門的舊燕。這兩重含義都表達了對人世間滄海桑田的巨大變化的感慨。“王謝堂前雙燕子，烏衣巷口曾相識”一句，更側重於作者本人追蹤往事的角度，含有作者個人作爲主體的認識：他來到王謝舊宅前，看到一雙翩翩起飛的燕子，這雙燕子仍然是烏衣巷裏那雙爲人所熟知的老燕。燕子衹知道每年秋去春來，棲息於舊巢，哪里覺察得出世易時移，雕梁畫棟早就面目全非了。

聽夜深寂寞打孤城，春潮急

劉禹錫曾寫《金陵五題》組詩，是金陵詠史詩中的名篇，上面提到的《烏衣巷》即其中之一。這裏化用《金陵五題》第一首《石頭城》“山圍故國周遭在，潮打空城寂寞回”的詩意。劉禹錫的本意是金陵故都的周圍群山依然環繞，然而繁華都城已經蕭條，幾近於一座空城，衹能聽到潮水不斷地湧上河岸擊打城郭，卻得不到熱烈的回應，衹好又孤獨地退回去，渲染一種繁華過後的蕭索景色。而薩都剌在此則著重點出“聽”字，在夜深人靜的時候，聽春天的潮水急切地拍打城牆，這與作者的心境同樣寂寞的聲音，對他心靈的撼動更爲強烈。這兩句也表達了作者內心的欣慰和頑強，即使那些繁華舊事已經歸於蕭條寂寞，但他自己的政治熱情仍然如潮水般澎湃。

薩都剌把原詩中的“空城”改爲“孤城”，一是爲了避免上下文重複，二是因爲元朝時金陵城已經比唐初繁華得多，用“空”字不太恰當，“孤城”二字點出金陵的地位，表明這是一座無可比擬的有特殊意義的城池。

思往事，愁如織。懷故國，空陳跡。但荒烟衰草，亂鴉斜日

回想往事，愁緒綿綿不斷；懷念六朝古都，衹看見陳舊的古蹟，荒凉的廢墟。其衰敗的程度如何呢？作者用了一個“但”字，表示僅剩下廢棄的荒野、凋零的野草、亂飛的烏鴉，以及將要墜落的夕陽。“荒烟”“衰草”“亂鴉”“斜日”，這四種意象並列組合，用來表達暮氣沉沉、無法挽回的頹敗感覺，極爲有效。此處作者的“思”與“懷”是什麼樣感情呢？這

首詞可能創作於薩都剌晚年時期，他自身經歷了被皇帝任用到晚年飄零的人生歷程；從整個元朝的角度而言，此時又處於統治根基被動摇的時刻。作者懷古撫今，也是在所難免。

玉樹歌殘秋露冷，胭脂井壞寒螿泣

“玉樹歌殘”用《玉樹後庭花》的典故，陳後主曾與其愛妃張貴妃等人在宮廷徹夜笙歌宴飲，他作有《玉樹後庭花》一曲，常在筵席上命人演奏，後來被世人視爲亡國之音，唐代詩人許渾有“玉樹歌殘王氣盡”這樣的詩句。“胭脂井”，隋軍攻入金陵時，陳後主和他的兩名寵妃無計可施，躲入景陽宮裏的胭脂井中，後來還是被隋兵搜到捉拿，傳爲笑柄。《玉樹後庭花》這樣的靡靡之音已經不復存在，就連胭脂井也已經倒塌毀壞。不論是陳後主的風流韻事，還是他的亡國遺恨，都已隨著時間而流逝、消散；後人所能見到的，衹是清冷的秋露滴瀝，所能聽到的，衹是秋蟬如泣如訴的鳴叫聲。“寒螿”，秋蟬的一種。

到如今衹有蔣山青，秦淮碧

往者已矣，衹留山水長在。“蔣山”，即鍾山。“秦淮”，指秦淮河。此句也暗用了劉禹錫《金陵五題》中《江令宅》一詩的詩句：“南朝詞臣北朝客，歸來唯見秦淮碧。”金陵經歷了數百年的繁華，一切喧囂沉澱之後，如今也衹有蔣山依然青翠，秦淮河水碧綠如昔。那些所謂的帝王基業、英雄事跡，那些所謂的繁華、盛世，都猶如過眼雲烟，哪能與青山碧水相比擬。大浪淘沙，歷史總在前進，人爲的金粉都城在後世看來也衹是些破磚爛瓦，還不如山水給人帶來的愉悦可喜。這樣豁達的胸懷，在當時已經是非常難得了。

## 評解

這首詞是薩都剌詠史類作品的代表作。關於“金陵懷古”這個主題，薩都剌還寫有《百字令・登石頭城》《望金陵》等作品，可對照閱讀。這一類描寫金陵景色、感慨歷史興衰的詩詞作品，從六朝之後可以說數不勝數，而薩都剌的《滿江紅・金陵懷古》《百字令・登石頭城》以及宋王安石《桂枝香・金陵懷古》，是被後人認可的鼎足而三的金陵懷古詞。此詞開頭“六代豪華，春去也，更無消息”幾句，即把金陵在六朝及之後的興盛衰敗都交待得很清楚，成爲後人傳誦的佳句。整首詞上下闋意境連貫，具有懷古詩詞所特有的恢弘氣魄，懷古傷今，感慨萬千。“到如今祇有蔣山青，秦淮碧”，則江山依然如畫，詞句戛然而止，餘韻無窮。作者在詞中化用劉禹錫膾炙人口的詠史懷古名句，如鹽入水般貼切自然。

# 小闌干

去年人在鳳凰池，銀燭夜彈絲。
沉水香消，梨雲夢暖，深院繡簾垂。

今年冷落江南夜，心事有誰知？
楊柳風柔，海棠月澹，獨自倚欄時。

## 題解

《小闌干》詞牌，又名《少年遊》。此詞大約作於元至順三年（1332）左右，此時薩都剌從翰林國史院應奉文字遷爲江南諸道行御史臺掾史，離京南下任職。這首詞上下闋把京城和江南兩處的春夜作了一個强烈的對比，隱晦地表達自己落寞的心情。

小闌干（去年人在鳳凰池）詞意圖　李也青繪

## 【句解】

去年人在鳳凰池，銀燭夜彈絲

“鳳凰池”，指中書省。魏晉以來，中書令等官員掌管詔令文書等事務，能經常接近皇帝，深蒙寵愛，所以中書省被美稱爲“鳳凰池”或者“鳳池”。這裏鳳凰池應指薩都剌所在的翰林院。“彈絲”，即彈奏琴、瑟等絲絃樂器，這是在筵席上所演奏的悠揚而又高雅的音樂。去年的這個時候，身處京城翰林院內，夜晚友朋相聚，燈燭通明，席間彈絲弄竹，高雅而又歡快。

沉水香消，梨雲夢暖，深院繡簾垂

“沉水”，即沉香，一種名貴的薰香料，又名沉水香，富貴人家常用來薰染居室。“梨雲夢暖”來自唐人王建所作的《夢看梨花雲歌》，此詩描寫梨花如雲的綺麗夢境，中有“薄薄落落霧不分，夢中喚作梨花雲”一句。這個梨花雲夢的典故曾被蘇軾用在詞中。薩都剌化用這個詩意，指自己當時所做的夢境也是如此溫馨、雅緻。聚會結束之後，衆人散去，屋裏燃著濃濃的沉香，讓人醺然而醉；重重的院落裏，因爲夜已深了，早就把精緻的繡簾放下來，人們開始在愉快的心情中入睡，因此夢裏也能看到重重如雲的梨花，生活是多麼恬靜、優雅。銀燭、彈絲、沉香、繡簾，這樣華麗、穠豔的生活色彩，代表官宦之家常見的事物。從這些精緻的細節，讀者自可想象出居室其他部分。這是薩都剌曾經擁有的悠閑而又優裕的生活，字裏行間也不無春風得意的心情。這樣的生活自然令人難忘，它一直留存在薩都剌的記憶中。上闋用詞華豔、熱烈，頗有溫庭筠遺風。

今年冷落江南夜，心事有誰知

今年身處江南，離開了京城翰林院，再也沒有高朋滿座，在這冷冷清清的夜裏，心事又有誰能知曉？這兩句由上闋的熱烈華貴，一變而爲孤寂淒清，兩相對照，以前的生活更是像仙境一般美好，值得永遠懷念了。而這種截然不同的遭遇，衹是因爲官職的變遷。一句“心事有誰知”，多少有點感歎世態炎涼、自憐身世遭遇的用意。

楊柳風柔，海棠月澹，獨自倚欄時

“楊柳風柔，海棠月澹”，是作者眼前所見的景物。在溫暖的春夜裏，迎面是輕柔的春風，楊柳枝輕輕拂動；在淡淡的月光下，海棠花正在盛開。春風拂面，楊柳搖曳，月影花影，這其實是一個典型的、美好的江南春夜，衹是這樣的美景當前，卻衹有作者一個人獨自倚在欄杆旁觀賞，沒有人與自己共同分享這種感受。這三句又進一步渲染作者的孤獨，無論是憤慨難過的心事，還是賞月賞花的樂事，都“無人知”，沒有傾訴的對象，這是何等淒涼的事情。下闋著重寫江南春夜室外的情景，與上闋著力描寫京城室內相對應，上闕是燈影人影，軟玉溫香，下闕則是風柔月淡，冷冷清清，這樣的安排，使人覺得前者更加溫暖，令人嚮往，後者則更爲淒涼難熬。

## 評解

薩都剌存世的詞作，大部分是題詠古跡、弔古傷今的豪放詞，這首《小闌干》則表現了他詞令小巧、辭藻華麗的婉約風格。這首小詞上闋描寫作者在京城時賓客濟濟一堂，彈琴奏樂，燭火輝煌，極爲華麗熱鬧；下闋則描寫他轉遷江南之後，同樣的春夜，卻衹能獨自一人倚著欄干，冷清寂寞。上下闋對比強烈，隱晦地表達出作者在巨大反差下落寞的心情。整首詞衹從幾個細微之處著眼，語句雖然平和，卻不難體味出其中蘊含的深意。這首詞得到後人的讚賞，清人所輯的《歷代詞話》中稱讚道“筆情何減宋人”，認爲這首詞與宋人佳作相比，也毫不遜色。